10|18
12, avenue d'Italie – PARIS XIIIe

Du même auteur
dans la collection 10/18

NOCTURNE INDIEN, nº 1916
LE JEU DE L'ENVERS, nº 2064
LE FIL DE L'HORIZON,
suivi de DIALOGUES MANQUÉS, nº 2112
FEMME DE PORTO PIM et autres histoires, nº 2155
L'ANGE NOIR, nº 2329
REQUIEM, nº 2467
PIAZZA D'ITALIA, nº 2660

PETITS MALENTENDUS SANS IMPORTANCE

PAR

ANTONIO TABUCCHI

Traduction de l'italien
par Martine DEJARDIN
revue par l'auteur

10|18

« Domaine étranger »
dirigé par Jean-Claude Zylberstein

CHRISTIAN BOURGOIS ÉDITEUR

Titre original :
Piccoli Equivoci Senza Importanza

La nouvelle « Rébus » (page 34)
a été traduite de l'italien
par Christian Paolini

ISBN 2-264-01328-1

NOTE

Les baroques aimaient les équivoques et les malentendus. Calderón, et d'autres avec lui, érigèrent le malentendu en métaphore du monde. Je suppose qu'ils étaient animés par la conviction que le jour où nous nous réveillerons du rêve d'être vivants, notre malentendu terrestre sera finalement éclairci. Je leur souhaite de ne pas avoir trouvé un Malentendu sans appel. De toute façon, on le verra bien.

Moi aussi, je parle de malentendus, mais je ne crois pas les aimer; tout simplement j'ai tendance à les repérer. Méprises, incertitudes, compréhensions tardives, remords inutiles, souvenirs peut-être trompeurs, erreurs stupides et irrémédiables : les choses qui ne sont pas à leur place exercent sur moi une attraction irrésistible comme si c'était une vocation, une espèce de stigmate sans rien de sublime. Le fait de savoir qu'il s'agit d'une attraction mutuelle ne me soulage pas. L'idée que l'existence est elle-même un malentendu et qu'elle prodigue des malentendus à tout le monde pourrait me soulager, mais peut-être cela serait-il un axiome, pas très différent de la métaphore baroque.

Je voudrais donner quelques indications quant à l'origine de certaines nouvelles de ce recueil. La nouvelle intitulée *Rébus,* je l'ai volée un soir de 1975 à Paris, et elle est restée assez longtemps dans ma tête pour que je la raconte d'une façon qui trahit honteusement la version originale. Je n'aurais rien à objecter si *les Charmes* et *Any where out of the world* étaient considérées comme deux histoires de fantômes, au sens le plus large du terme; ce qui n'empêche pas, naturellement, qu'on puisse les lire différemment. A la première d'entre elles n'est pas étrangère une théorie suggestive de Françoise Dolto, et il est peut-être inutile de préciser que le dieu tutélaire de la seconde est le *Spleen de Paris* de Baudelaire et, en particulier, le poème dont j'ai pris le titre. *La Rancœur et les nuages* est un récit réaliste. *Cinéma* doit beaucoup à une soirée de pluie, à une petite gare de la Riviera et au visage d'une actrice disparue.

Pour les autres nouvelles, je n'ai pas grand-chose à ajouter. Je voudrais seulement dire que j'aurais préféré que *En attendant l'hiver* ait été écrit par Henry James et *Les trains qui vont à Madras* par Kipling. Le résultat aurait sûrement été meilleur. Plus qu'un remords pour ce que j'ai écrit, il s'agit d'un regret pour ce que je ne pourrai jamais lire.

Antonio TABUCCHI.

PETITS MALENTENDUS SANS IMPORTANCE

Quand l'huissier a dit : debout, Messieurs, la Cour! dans la salle il y a eu un instant de silence; et au moment précis où Federico est entré, avec sa toge et ses cheveux presque blancs, en tête du petit cortège, je me suis rappelé *Strada anfosa* [1]. Je les ai regardés s'asseoir, comme si j'assistais à un rituel incompréhensible et lointain, mais projeté dans le futur, et l'image de ces hommes graves, assis derrière le banc surveillé par un crucifix, s'est effacée sous l'image d'un passé qui, pour moi, était le présent, comme s'il s'agissait d'un vieux film; et sur le bloc-notes que j'avais apporté, ma main a écrit, presque machinalement, *Strada anfosa,* tandis que j'étais désormais ailleurs, abandonné au flux de l'évocation. Et Leo, assis dans cette cage comme un animal dangereux, a perdu cet air malade qu'ont les personnes profondément malheureuses : je l'ai vu s'appuyer à la console Empire de sa grand-mère, avec cette éternelle moue ennuyée et ironique qui lui était propre et qui faisait tout son charme, et il a dit : Tonino, remets *Strada anfosa.* Et j'ai remis

1. Chanson de Domenico Modugno, très en vogue au début des années 60 (« Route sous la pluie »).

le disque pour lui, il méritait bien, Leo, de danser avec Maddalena, qu'on appelait « la Tragédienne » parce que, à la représentation scolaire de fin d'année, en interprétant Antigone, elle s'était mise à sangloter pour de bon et ne s'arrêtait plus; et c'était un disque fait exprès pour eux, fait pour danser passionnément dans le salon Empire de la grand-mère de Leo. Et ainsi le procès a commencé, et Leo et Federico dansaient tour à tour avec « la Tragédienne » en la regardant éperdument dans les yeux et faisant semblant d'ignorer qu'ils étaient rivaux, comme s'ils se moquaient pas mal de cette rousse; comme s'ils faisaient cela comme ça, juste pour danser, alors qu'au fond ils en pinçaient pour elle. Moi aussi naturellement, qui mettais le disque comme si de rien n'était.

A force de danser, l'année suivante est arrivée. Ce fut l'année d'une phrase qui devint un emblème, nous en abusions parce qu'elle s'adaptait aux circonstances les plus variées : ne pas se trouver à un rendez-vous, dépenser plus que nous n'avions, oublier un engagement important, lire un livre considéré comme excellent et qui en fait était mortellement ennuyeux : toutes les erreurs, tous les quiproquos, toutes les méprises qu'on faisait, étaient « un petit malentendu sans importance ». La chose commença avec Federico, et ce fut une occasion de fous rires mémorables : Federico avait programmé sa vie, comme nous tous d'ailleurs, il s'était inscrit en Lettres classiques, il avait toujours été un as en grec, dans *Antigone* il jouait Créon; nous nous étions inscrits en Lettres modernes, c'était plus actuel, disait Leo, tu veux quand même pas comparer Joyce avec ces auteurs barbants? Nous étions au café *Goliardico,* chacun avec son certificat d'inscription, nous étudiions les programmes, étendus sur le billard; au groupe s'était ajouté Memo, il venait de Lecce et était engagé politiquement, il tenait à ce qu'on fasse de la politique *correctement,* ce qui lui valut le surnom de « Petit Député », et par la suite tout l'amphi l'appela comme ça. A un moment donné Federico arriva, en agitant sa carte d'étudiant, l'air bouleversé; il était essoufflé, n'arrivait pas à s'expliquer. Il était hors de lui : on l'avait inscrit en Droit par erreur, il n'arrivait pas à comprendre pourquoi. Pour le réconforter, nous allâmes avec lui au secrétariat; nous fûmes reçus par un employé gentil et impassible, un petit vieux qui avait vu défiler des milliers d'étudiants; il examina la carte de Federico et son visage préoccupé : c'est un petit malentendu sans solution, dit-il, ne vous en faites pas. Federico le regarda, interdit, le visage congestionné, et balbutia : un petit malentendu sans solution?! Le petit vieux ne se démonta pas; excusez-moi, dit-il, c'est un lapsus, je voulais dire un petit malentendu sans importance, avant Noël je vous ferai avoir la bonne inscription, en attendant, si vous le désirez, vous pouvez suivre les cours de Droit, au moins vous ne perdrez pas votre temps. On sortit en se tenant les côtes : un petit malentendu sans importance! Et on s'esclaffa devant l'air furieux de Federico.

Les choses sont vraiment drôles. Un matin, quelques semaines plus tard, Federico arriva au *Goliardico* avec un air important : il venait d'un cours de philosophie du droit, il y était allé pour y aller, juste pour faire quelque chose. Eh bien, mes amis, on pouvait ne pas le croire, mais en une heure il avait compris certains problèmes qu'il n'avait jamais compris, à côté de ça, les tragiques grecs n'expliquaient rien du monde, il avait décidé de rester en Droit, de toute façon les classiques, il les connaissait déjà.

Federico a dit quelque chose sur un ton interrogatif, d'une voix qui m'a semblé lointaine et métallique, comme si je l'entendais au téléphone; le temps a chancelé et dégringolé : et le visage de Maddalena est apparu, entouré de petites bulles flottant sur une mare d'années. Il ne faut sans doute pas aller voir une fille dont on a été amoureux, le jour où on va lui enlever les seins. Ne serait-ce que pour se défendre. Mais moi je n'avais aucune envie de me défendre, j'avais déjà cédé. Et j'y allai. Je restai dans le couloir qui conduit aux salles d'opération, là où les malades attendent leur tour. Elle arriva sur le lit à roulettes, elle avait sur le visage la joie innocente de la pré-anesthésie qui provoque, sans doute, une émotion inconsciente. Elle avait les yeux brillants, et je lui pris la main. Je compris qu'il lui restait la peur, mais assoupie par les tranquillisants. Fallait-il que je lui dise quelque chose? J'aurais voulu lui dire : Maddalena, j'ai toujours été amoureux de toi, quelle connerie, je n'ai jamais réussi à te le dire. Mais on ne peut pas avouer ce genre de chose à une fille qui est sur le point de subir une opération comme celle-là. Et alors je lui ai débité à toute vitesse : *les cruautés du monde sont nombreuses mais l'homme les surmonte toutes même au-delà de la mer d'écume sous le vent impétueux du Sud il avance et traverse les ondes dangereuses qui grondent autour de lui,* qui était une réplique d'*Antigone* que je lui faisais à la représentation, des années auparavant, qui sait pourquoi ça me vint à l'esprit, et je ne sais pas si elle s'en souvenait, si elle était en état de comprendre; elle me serra la main et on l'emmena. Je descendis au bar de l'hôpital : la seule boisson alcoolisée disponible était l'amaro Ramazzotti et il en fallut une dizaine pour m'enivrer; quand la nausée m'envahit, j'allai m'asseoir sur un banc devant la clinique et dus essayer de me convaincre qu'aller voir le chirurgien c'était une folie, un désir provoqué par l'ivresse, car je voulais vraiment y aller et lui dire de ne pas les jeter dans l'incinérateur, ces seins, de me les donner car je voulais les conserver, et même s'ils étaient malades à l'intérieur ça m'était égal, de toute façon il y a toujours une maladie en nous, et moi je les aimais ces seins, enfin, comment dire? ils avaient un sens, j'espérais qu'il comprendrait. Mais un éclair de lucidité m'en empêcha et je réussis à trouver un taxi; à la maison je dormis tout l'après-midi, le téléphone m'éveilla alors qu'il faisait déjà noir, je ne fis même pas attention à l'heure, c'était la voix de Federico qui me disait : Tonino, c'est moi, tu m'entends, Tonino? c'est moi. Mais où es-tu? lui répondis-je, la voix pâteuse. Je suis à Catanzaro, dit-il. A Catanzaro? et qu'est-ce que tu fais à Catanzaro? Je passe les examens de procureur, j'ai su que Maddalena va mal, qu'elle est à l'hôpital. C'est exact, lui rétorquai-je, tu te souviens des seins qu'elle avait, ils n'y sont plus : vlan! Il me dit : mais qu'est-ce que tu dis, Tonino, tu es saoul? Bien sûr que je suis saoul, je suis saoul comme quelqu'un qui est saoul, et la vie me dégoûte, et toi aussi tu me dégoûtes, toi qui passes tes examens à Catanzaro, pourquoi tu ne l'as pas épousée? c'est de toi qu'elle était amoureuse, pas de Leo, et tu l'as toujours su et tu ne l'as jamais épousée parce que tu es un trouillard, pourquoi tu as épousé ta prétentieuse de femme, tu vas me l'expliquer? tu es un salaud, mon cher Federico. J'entendis un clic parce qu'il avait raccroché, je dis encore quelques obscénités dans le vide puis je retournai dans mon lit et rêvai d'un champ de coquelicots.

Et ainsi les années ont continué à voleter en avant et en arrière, au hasard, et Leo et Federico continuaient à danser avec Maddalena dans le salon Empire. Tout à coup, toujours comme dans un vieux film, alors qu'ils étaient assis de l'autre côté, l'un avec la toge, l'autre dans sa cage, le temps s'est mis à tourbillonner comme les feuilles d'un calendrier qui s'envolent et viennent se recoller l'une sur l'autre; et eux dansaient avec Maddalena en la regardant intensément dans les yeux pendant que moi, je mettais le disque. Et ça a continué comme ça, un été tous ensemble au camp de montagne du Comité Olympique national, avec les promenades dans les bois et le tennis dont la manie nous avait tous gagnés; mais celui qui jouait pour de bon c'était Leo, avec son revers imprenable et son élégance – polos moulants, cheveux bien peignés, serviette autour du cou après la partie. Et le soir, sur le pré, à refaire le monde; sur la poitrine de qui Maddalena allait-elle appuyer sa tête? Et puis cet hiver qui nous surprit tous. Leo le premier, qui l'aurait imaginé, lui si élégant et si ostensiblement futile, étreignant la statue dans la cour du rectorat, haranguant avec ardeur la foule des étudiants. Il portait une parka verte type militaire qui lui allait à merveille, moi j'en achetai une bleue, pensant que ça irait mieux avec mes yeux clairs, mais Maddalena ne s'en aperçut même pas, ou du moins elle ne me dit rien, tandis qu'elle faisait attention à la parka de Federico qui était trop large et mal coupée : moi je le trouvais ridicule, ce grand type raide, avec ses manches trop longues, mais manifestement il inspirait de la tendresse aux femmes.

Ensuite Leo a commencé à parler d'une voix basse et monotone, comme s'il racontait une histoire, ça c'était l'ironie de Leo, je le savais; dans la salle on entendait voler les mouches, tous les journalistes prenaient fébrilement des notes comme s'il dévoilait un secret d'État, et même Federico l'écoutait avec attention; mon Dieu, ai-je pensé, mais pourquoi faut-il que tu fasses semblant d'être si attentif, il ne te raconte rien d'extraordinaire, tu y étais toi aussi cet hiver-là. Et j'en suis presque arrivé à imaginer qu'à un moment donné, Federico se levait et disait : Messieurs les Jurés, avec votre permission, cet épisode, je voudrais le raconter moi-même, parce que je le connais parfaitement pour l'avoir vécu. La librairie s'appelait « Mondo Nuovo », elle était située place Dante, maintenant c'est une parfumerie chic, si je ne me trompe, qui vend les sacs Gucci. C'est une grande pièce avec un réduit sur la droite, un débarras et des toilettes. Dans le débarras on n'a jamais entreposé de bombes ni aucun autre type d'explosif, on mettait les « frese »[1] que rapportait Memo quand il allait en vacances chez lui, et tous les soirs on se retrouvait là et on mangeait des « frese » et des olives. Le sujet de la conversation était presque toujours la révolution cubaine, il y avait même un poster de Che Guevara au-dessus de la caisse. On réfléchissait aussi sur les autres révolutions de l'histoire, et c'est moi qui en parlais parce que mes amis n'étaient pas très au courant en matière philosophico-historique, tandis que moi, j'étudiais l'histoire de la pensée politique pour un examen auquel j'ai obtenu le maximum; et comme ça je fis quelques leçons, que nous appelions séminaires, sur Babeuf, Bakounine et Carlo Cattaneo : mais en fait, je m'en fichais un peu, des révolutions, je le faisais parce qu'il y avait une fille rousse appelée Maddalena dont j'étais amoureux, mais j'étais persuadé qu'elle était amoureuse de Leo, ou plutôt je savais qu'elle était amoureuse de moi, mais j'avais peur qu'elle ne soit amoureuse de Leo. Bref, ce fut un petit malentendu sans importance, phrase que nous disions entre nous à l'époque. Et puis Leo se moquait de moi, il a toujours été très doué pour se moquer des gens, lui, il a la repartie facile et le don de l'ironie, et il me posait des questions pièges, un peu perfides, pour faire comprendre à tous que j'étais un réformiste et lui un radical, un vrai révolutionnaire. Mais il n'a jamais été très radical, Leo, il le faisait pour me diminuer aux yeux de Maddalena; de toute façon, un peu par conviction, un peu par hasard, il se retrouva au premier plan, il devint le leader

1. Type de pain séché (originaire des Pouilles).

du groupe, mais ce fut pour lui aussi un petit malentendu qu'il croyait sans importance. Et puis vous savez comment ça va, un jour le rôle qu'on joue devient vraiment vrai, la vie réussit tellement bien à figer les choses, et les attitudes deviennent des choix.

Mais Federico n'a rien dit de tout cela, il suivait très attentivement les questions du procureur général et les réponses de Leo, et moi j'ai pensé : ce n'est pas possible, c'est une comédie. Mais ce n'était pas une comédie, non, c'était une chose vraie, ils étaient vraiment en train de faire le procès de Leo, et les choses que Leo avait faites étaient vraies aussi, et il les avouait avec candeur, impassible, et Federico l'écoutait, impassible, et alors j'ai pensé qu'il ne pouvait pas faire autrement, parce que c'était son rôle dans la comédie qu'on nous jouait. A ce moment-là j'ai eu un sursaut de révolte, une volonté de faire quelque chose pour changer cette histoire qui semblait déjà écrite, un désir d'intervenir, de la modifier. Qu'est-ce que je pouvais faire? ai-je pensé, et la seule solution me sembla être Memo, c'était la seule chose à faire, je suis sorti de la salle et, dans le hall, j'ai montré mon laissez-passer aux gendarmes; pendant que je composais le numéro, j'ai pensé à toute vitesse à ce que j'allais dire : ils sont en train de condamner Leo, voilà ce que j'allais lui dire, viens ici, il faut que tu fasses quelque chose, il est en train de s'enfoncer tout seul, c'est absurde, oui je sais qu'il est coupable, mais pas à ce point-là, il s'est pris dans un engrenage qui l'a broyé, et maintenant il veut faire croire que c'est lui qui manœuvre cet engrenage, mais il le fait pour être fidèle à son image, il n'a jamais rien manœuvré et peut-être n'a-t-il même rien à rapporter, c'est seulement Leo, exactement le même Leo qui jouait au tennis avec sa serviette autour du cou, il est intelligent, c'est un imbécile intelligent, et tout cela est absurde.

Le téléphone a sonné longtemps, puis une voix féminine a répondu, polie et froide, avec un fort accent romain : non, Monsieur le Député n'est pas là, il est à Strasbourg, vous désirez? Je suis un ami, ai-je dit, un vieil ami, je voudrais que vous le trouviez, il s'agit d'une affaire très importante. Je suis désolée, a dit la voix polie et froide, mais je ne crois pas que ce soit possible, en ce moment Monsieur le Député est en réunion, si vous voulez, vous pouvez laisser un message, je le lui transmettrai le plus rapidement possible. J'ai raccroché et je suis rentré dans la salle, mais sans regagner ma place; je suis resté au sommet de l'hémicycle, derrière la file des gendarmes. Dans la salle on entendait un brouhaha, je crois que Leo avait sorti une de ses blagues, il avait encore sur le visage l'expression malicieuse de celui qui vient de dire une phrase perfide, et dans cette expression, moi, j'ai lu une grande tristesse. Et Federico aussi, qui était en train de ranger ses papiers devant lui, m'a semblé accablé et alors j'ai eu envie de traverser la salle sous les flashes des photographes et de leur parler, de leur serrer la main à tous les deux, enfin, quelque chose de ce genre. Mais qu'est-ce que je pouvais leur dire, qu'il s'agissait d'un petit malentendu, sans solution? Car au moment où je pensais cela, j'ai aussi pensé qu'il s'agissait vraiment d'un énorme petit malentendu sans solution que la vie était en train d'emporter. Désormais les rôles étaient distribués et il était impossible de ne pas les jouer : et moi aussi, qui étais venu avec mon petit bloc-notes, moi qui les regardais jouer leur rôle, moi aussi je jouais un rôle, et ma faute c'était justement cela, jouer le jeu, parce qu'on ne se soustrait à rien et qu'on est tous coupables de quelque chose, chacun à sa façon. Et alors j'ai ressenti une grande fatigue et une espèce de honte, et en même temps une idée m'est brusquement venue, sans que je puisse la formuler, quelque chose que je pourrais appeler le désir de la Simplification. En un instant, suivant un fil qui se déroulait à toute vitesse, j'ai compris que nous étions là à cause d'une chose qui s'appelle Complication, et qui pendant des siècles, des millénaires, des millions d'années, a accumulé, couche après couche, des circuits toujours plus complexes, des systèmes toujours plus complexes, pour former ce que nous sommes aujourd'hui et ce que nous sommes en train de vivre. Et j'ai eu la nostalgie de la Simplification, comme si les millions d'années qui avaient produit les êtres qui s'appellent Federico, Leo, Maddalena, le « Petit Député », et moi-même – ces millions d'années se dissolvaient, comme par enchantement, en un rien de temps : et je nous ai tous imaginés assis sur une feuille d'arbre. Pas vraiment assis, en fait, parce que nos organismes étaient devenus microscopiques, et mononucléaires, sans sexe, sans histoire et sans raison; mais avec, malgré tout, un soupçon de conscience qui nous permettait de nous reconnaître, de savoir que nous étions là tous les cinq, sur une feuille, en train d'absorber des gouttes de rosée comme si nous prenions un verre au café *Goliardico* et que notre fonction était seulement d'être là, pendant qu'une autre espèce de gramophone jouait pour nous une autre espèce de *Strada anfosa,* différente dans la forme mais identique dans la substance.

Et pendant que j'étais là, sur cette feuille, absorbé dans mes pensées, la Cour s'est levée, et le public aussi; Leo est resté assis dans sa cage et a allumé une cigarette, c'était peut-être une suspension de séance, je ne sais pas, mais moi je suis sorti sur la pointe des pieds, dehors l'air était limpide et le ciel bleu d'azur, en face du palais de justice, il y avait la carriole du glacier qui semblait abandonnée et quelques rares voitures passaient; je me suis mis à marcher vers le port, sur le canal une péniche rouillée glissait en silence comme si elle n'avait pas de moteur, je suis passé à côté, et dessus il y avait Leo et Federico, l'un avec son air je-m'en-foutiste et l'autre grave et soucieux, qui me regardaient avec une expression interrogative. Ils attendaient une phrase de moi, c'était évident; et à l'autre bout de la péniche, comme si elle tenait le gouvernail, il y avait Maddalena, resplendissante de jeunesse, souriant comme peut sourire une jeune fille qui se sait resplendissante de jeunesse. Mes amis, ai-je voulu dire, vous vous souvenez de *Strada anfosa*? Mais tous les trois étaient immobiles, et j'ai compris qu'il s'agissait de figures de plâtre réalistes et trop colorées, figées dans ces poses extravagantes et caricaturales qu'ont parfois les mannequins des vitrines. Et je n'ai rien dit, naturellement, j'ai seulement levé la main tandis que la péniche les emportait, et j'ai continué sur le quai à pas lents et réglés, essayant de ne pas poser les pieds dans les interstices du pavé, comme quand j'étais enfant et que selon un rituel naïf, j'essayais de régler sur la symétrie des pierres mon déchiffrement enfantin du monde, encore sans rythme et sans mesure.

EN ATTENDANT L'HIVER

Et puis l'odeur de toutes ces fleurs : écœurante. Et la maison, aussi, et la pluie qui voilait les arbres, et les objets dans les vitrines – des éventails espagnols, une madone enceinte de Guzco, des anges baroques, des pistolets du XVIIe : tout cela était écœurant, elle le sentait, et cela aussi était une douleur, une forme de douleur où il y aurait la peine, un sentiment de répulsion pour les objets qui nous entourent, pour leur caractère massif et péremptoire qui ne prévoit pas les changements de la vie et qui se contente d'exister, dans son immanence inaccessible, dans une matérialité flagrante et innocente, et pour cette raison même inaccessible. Ah, dit-elle, je n'y arriverai pas, je crois que je n'y arriverai pas. Elle dit cela et toucha son front, qui était chaud, puis s'appuya au dossier de la chaise. Elle sentit les larmes qui lui nouaient la gorge et se regarda dans la glace. Elle vit une image austère, noble, hautaine peut-être et pensa : c'est moi ça, ce n'est pas possible. Et pourtant c'était bien elle, et sa peine était faite de ça aussi : sa douleur de vieille femme blessée par la mort comprenait aussi la souffrance causée par cette image de vieille femme pâle, élégante, avec une mantille de dentelle noire sur les cheveux; une mantille tissée avec ennui et habileté dans des pièces sombres, par des femmes espagnoles, taciturnes et malheureuses, pensa-t-elle. Et elle se souvint de Séville, tant d'années auparavant, de la tour de la Giralda, de la Vierge de la Macarena, de la commémoration d'un poète mort depuis des siècles dans une salle aux meubles austères et sombres. Mais à ce moment-là, elle entendit frapper à la porte, et Françoise entra. Madame, le ministre désirerait être reçu, dit-elle. Quelle perle, Françoise. Elle semblait si menue, si fragile, avec son visage de souris et ses petites lunettes rondes qui lui donnaient l'air d'une enfant sans âge. Elle pensa à son intelligence, totale et bornée. Dis-lui de m'attendre dans le petit salon, répondit-elle, je viendrai dans quelques instants. Elle aimait parler ainsi. « Quelques minutes », « un instant », « qu'il m'attende un moment » : c'était une façon courtoise d'être hautaine et étrangère à elle-même, comme un acteur qui aime être quelqu'un d'autre sur scène pour oublier le vide qu'il sent en lui. Elle se regarda encore dans la glace et arrangea sa mantille. Tu ne dois pas pleurer, dit-elle à la belle vieille qui la regardait, rappelle-toi que tu ne dois pas pleurer.

De toute façon elle n'aurait pas pu pleurer. Car le ministre était un homme rubicond et replet, habillé en noir, qui lui baisa la main en s'inclinant; c'était un homme fait pour ce genre de situation, cultivé même, comme le sont rarement les ministres, et qui admirait sincèrement le disparu. Tout cela n'encourageait pas les pleurs. Si au moins il s'était agi d'un homme médiocre et indifférent, qui faisait cette visite par devoir et par civisme, un homme habitué aux phrases toutes faites, aux formules de circonstance pleines de cérémonies, à des phrases de ministre... alors là, oui, elle aurait pleuré, laissant libre cours à sa peine qui était immense, diffuse, ambiguë. Mais pas devant cet homme, parce qu'il était sincèrement affligé par la perte qui endeuillait la Culture. En effet, il dit : notre culture perd aujourd'hui sa plus grande voix. Et c'était juste et indéniable, cela ne laissait pas de place aux larmes. Elle remercia par une phrase sincère et claire, prononcée d'un ton ferme; et tout cela faisait partie des condoléances civiles et honnêtes que les hommes ont inventées et qui ne prévoient pas les formes plus secrètes de la douleur. Ah, comme elle aurait voulu pleurer. Ensuite, il aborda la gratitude, qui est une forme mineure de la douleur, qui suscite l'émotion, et qui se trouvait loin, à la périphérie de son âme, là où était la nostalgie. Et en même temps que de gratitude il parla de projets, d'initiatives, d'une dette de reconnaissance dont l'État voulait s'acquitter : une fondation, peut-être un musée, avec bourses d'études et célébrations officielles. Chaque année, spécifia-t-il. Et cela lui fit plaisir, lui procura un soulagement sans réconfort, la fit penser à un futur déjà accompli, à l'aspect conventionnel d'un monument. Elle pensa aussi combien le pays avait grandi, combien il avait mûri, combien il était devenu à sa façon intelligent, ce qu'elle avait désiré durant toute sa vie. Et elle accepta, oui bien sûr, le pays méritait cet héritage, elle était reconnaissante de cette offre et de cette proposition; mais elle, dans cette maison, elle y vivait, elle y vivrait encore un peu, la vie ne durc pas si longtemps, et elle ne voulait pas la partager avec le sentiment d'une nation, pour aussi noble qu'il fût. La matinée était déjà bien avancée et dans le jardin il y avait beaucoup de monde. Le ministre sortit et elle se mit à la fenêtre. La pluie avait cédé la place à un crachin qui semblait monter de la terre. Elle vit des voitures arriver en silence, d'où descendaient des hommes à l'air grave que le maître de cérémonie allait chercher avec son parapluie pour les conduire jusqu'à l'entrée. Le caractère formel, efficace et fonctionnel de ces funérailles d'État lui procura un soulagement subtil, car il toucha son sens pragmatique du rituel. Elle sentit qu'elle ne devait pas s'attarder plus longtemps dans la solitude de sa retraite; elle ferma les rideaux, s'engagea dans les escaliers et descendit sans prendre appui à la rampe : lentement, la tête haute, pâle, fière, droite, les yeux secs, regardant les gens en face et montrant qu'elle ne voyait personne, que son regard était ailleurs, dans son passé peut-être, ou tourné vers l'intérieur de son âme, mais certainement pas là, parmi les objets funéraires de cette chapelle ardente préparée avec goût et avec classe. Elle attendit près du catafalque, comme si elle veillait un vivant plutôt qu'un défunt, que les gens défilent devant elle, qu'ils lui baisent la main, qu'ils s'inclinent, qu'ils lui murmurent des formules de condoléances et d'adieu. Et tandis qu'elle attendait, debout, loin de tous et d'elle-même, son cœur battait calmement, posément, tranquillement, étranger à la dévastation absolue que curieusement elle ressentait de façon physique sur ses épaules : la terrible évidence, sans appel, de la constatation.

Elle se laissa interrompre par Françoise, qu'elle reçut presque comme une visiteuse elle aussi, avec le même détachement serein, et qu'elle accepta de suivre sans répliquer, s'abandonnant aux ordres réconfortants, se laissant guider par la main dans le couloir qui lui sembla infiniment long. Même le bouillon brûlant lui parut quelque chose de nécessaire et d'obligatoire. Non, je ne veux pas me reposer, répondit-elle à la sollicitude affectueuse de la jeune fille; je ne suis pas fatiguée, ne vous en faites pas pour moi, je tiendrai le coup. Mais c'étaient des paroles lointaines, comme si quelqu'un les prononçait à sa place. Elle laissa Françoise l'obliger à s'étendre sur le divan, lui enlever ses chaussures, lui passer un mouchoir imbibé d'eau de Cologne sur le front. Il courait sur la plage. Derrière la plage il y avait les ruines d'un temple grec, et il était nu. Nu comme un dieu païen, avec une couronne de lauriers sur le front; et dans la course ses testicules dansaient d'une drôle de façon, et elle ne put s'empêcher de rire, elle rit tant et tant qu'elle eut l'impression de suffoquer, et elle s'éveilla.

Elle s'éveilla en sursaut, avec angoisse, car elle devait avoir dormi trop longtemps; et tout était certainement fini, discours, visites, cérémonie, enterrement; peut-être même la journée, et maintenant il faisait nuit noire, et Françoise était certainement dans le couloir, infatigable, les yeux rougis, avec son air de moineau stoïque, qui lui dirait : j'ai dû vous laisser dormir, Madame, vous n'éticz plus en état de continuer. Elle ouvrit la porte et aussitôt elle entendit le brouhaha des visiteurs au rez-de-chaussée. Mais, mon Dieu, quelle heure était-il? Elle alla à la fenêtre, ouvrit grand les volets et la lumière laiteuse du jour l'éblouit. Elle entendit dans l'antichambre les deux coups frivoles de la pendule chinoise. Ah, la perfection de cette pendule laquée, si petite, si... monstrueuse : tout à coup, pour la première fois, elle sentit clairement qu'elle la détestait. Pourtant c'était elle qui l'avait achetée et elle avait toujours cru l'aimer. Non, se dit-elle avec force, je ne penserai pas à Macao, je ne veux plus me souvenir de rien, aujourd'hui. Elle avait dormi dix minutes. Elle s'enferma dans le cabinet de toilette et se remaquilla. Ce bref sommeil l'avait décoiffée et avait creusé deux rides profondes dans la poudre claire. Elle pensa dissimuler sa pâleur sous un maquillage, puis y renonça. Elle se lava les dents pour atténuer le goût de camphre qu'elle avait dans la bouche; bizarre, ce goût de camphre : c'était justement la sensation de nausée que lui donnaient toutes ces fleurs qui remplissaient la maison. Elle sortit, sûre que Françoise l'attendait dans le petit salon, elle avait fixé à deux heures le rendez-vous avec l'éditeur allemand et ne voulait pas le faire attendre. Quand elle entra, l'homme se leva et s'inclina, solennel. Il était obèse, et bizarrement cela lui redonna courage. Françoise était assise, un bloc-notes sur les genoux. Si vous préférez vous exprimer dans votre langue, ma secrétaire servira d'interprète. L'homme corpulent accepta, lui épargna les discours de circonstance; il était exact, concret, loyalement vénal, et cela avait son avantage. J'achète son journal, dit-il en français. Votre mari a vécu dans notre pays durant des années cruciales, il a connu d'importants personnages de la politique et de la culture, ses Mémoires sont un document de la plus grande valeur pour nous. Il toussota et se tut, attendant une réponse qui ne vint pas. Cela le déconcerta sans doute car il se raidit et aborda avec héroïsme l'aspect commercial de la question. Je paie en marks, dit-il, immédiatement et sans contrat, une option me suffit. Il dit cela en allemand, et Françoise traduisit. Le filtre de la traduction rendait la proposition moins vulgaire, et elle lui fut reconnaissante d'avoir eu au moins cette délicatesse. Et cela facilita sa réponse, car elle aussi abandonna le français; et les paroles qu'elle prononçait, restituées par Françoise en d'autres paroles incompréhensibles, avaient une vie propre qui ne la concernait pas, elles ne lui appartenaient pas, elles ne voulaient *plus* rien dire. Elle lui ferait écrire par sa secrétaire, ce n'était pas le moment de prendre des décisions, elle espérait qu'il comprenait; bien sûr elle tiendrait compte du fait que sa proposition était la première, mais maintenant, s'il voulait bien l'excuser, elle avait d'autres engagements. Elle regarda Françoise. D'autres engagements qui étaient... elle ne savait pas, ça lui était égal, Françoise regardait son carnet et pensait à tout. Elle s'abandonna à cette sensation puérile en suivant Françoise; et le fait de se sentir une petite fille oubliée qui, à travers les décombres de tant d'années, remontait des profondeurs enfouies dans son corps fatigué de vieille femme, lui donna à nouveau une envie poignante de pleurer, de sangloter sans retenue; mais aussi une légèreté, presque une frénésie. Un instant, elle sentit que cette enfant qui avait resurgi en elle aurait pu se mettre à sautiller, à faire la ronde, à fredonner une comptine. Et ce qui lui avait donné envie de pleurer lui enleva aussi l'envie de pleurer, et puis de la bibliothèque sortait une lumière crue, il y avait des fils électriques partout et quelqu'un parlait à voix trop haute. On vous demande une interview pour le journal télévisé de ce soir, dit Françoise, c'est le Président en personne qui a téléphoné, j'ai imposé un maximum de trois minutes, mais si vous n'avez pas la force, je les renvoie. Ils sont monstrueux, ajouta-t-elle avec mépris.

Ce n'était pas vrai, après tout. Le journaliste était un jeune homme au visage pâle et intelligent, avec des mains osseuses qui tourmentaient le micro; il semblait connaître parfaitement l'œuvre du disparu et commença par quelques citations d'un ouvrage de jeunesse; elle comprit que sous sa désinvolture raffinée, se cachait un certain embarras. Il lui demanda l'interprétation d'une phrase qui était devenue une maxime, presque le symbole d'une génération entière : même l'école se l'était appropriée, dans une acception positive évidemment, parce que l'école aime les définitions positives; mais justement, maintenant il le lui demandait : cette définition des hommes ne contenait-elle pas une ironie équivoque, un ferment négatif voilé et perfide? L'insinuation la soulagea, parce qu'elle lui permettait une réponse ambiguë, sous le masque de la naïveté : c'était une question qui l'autorisait à se réfugier dans le rôle de la veuve de l'écrivain, de celle qui peut parler des cravates qu'il préférait. Elle fut banale et désarmante, tellement inférieure à la question : et c'était justement ce que le journaliste attendait d'elle. Elle confirma d'une manière sublime qu'elle était une femme raffinée, intelligente, une excellente *compagne*, et qu'elle pouvait fournir de précieux témoignages. Cela conduisit inévitablement à l'indiscrétion biographique : une indiscrétion élégante, parce que le jeune homme était une personne bien élevée et aurait aimé qu'elle racontât pour les téléspectateurs un épisode de leur vie. Ce qui en réalité voulait dire, c'était sous-entendu, un épisode de sa vie à lui. Elle le lui raconta, pourquoi ne l'aurait-elle pas fait? et elle choisit un épisode édifiant, naturellement. Édifiant et avec une pointe de noblesse, parce que les gens aiment ce qui est noble, surtout les gens vulgaires. Et tout en parlant elle éprouva une sourde rancœur contre elle-même, parce qu'elle aurait voulu raconter un épisode très différent; mais sûrement pas à ce jeune homme courtois sous ces projecteurs aveuglants. Elle se tut. Et offrit un sourire accablé, plein de dignité.

Du voyage jusqu'à la cathédrale elle n'enregistra rien, sinon des images confuses, rapides, que les gens perçoivent sans les retenir. On la fit monter dans une voiture noire, à l'intérieur gris, avec un moteur silencieux et un chauffeur silencieux. Et à la cérémonie aussi elle fut présente sans y être; elle n'était présente que physiquement, tandis qu'elle laissait son esprit errer ailleurs, à sa guise, dans la géographie des souvenirs. Paris, Capri, Taormina; ensuite elle se souvint d'une petite maison humble et pittoresque qu'elle ne réussit pas à situer, et elle trouva ça drôle, elle concentra toute sa mémoire sur une chambre dont elle se rappelait les détails les plus insignifiants – un humble lit en cuivre et au-dessus, une sainte famille peinte dans le style populaire : mais, chose incroyable, elle ne se souvenait pas du lieu. Où était-ce? Entre-temps l'archevêque avait prononcé sa longue oraison funèbre, qui avait sûrement été d'un très haut niveau. Elle avait froid. C'était l'unique sensation, l'unique *sentiment* même, pensa-t-elle, qui pouvait occuper ses pensées; un grand froid dans son ventre, comme si un bloc de glace comprimait son estomac, à tel point qu'elle passa le reste de la cérémonie les mains serrées sur la poitrine. Puis le froid se dilata et envahit ses membres : pas les mains, qu'elle sentait brûlantes; mais les épaules et les avant-bras, les jambes et les pieds, qu'elle ne sentait plus, comme s'ils étaient gelés, même si elle n'arrêtait pas de bouger ses doigts de pieds. Elle frissonna et ne put le cacher. Pour ne pas claquer des dents, elle serra les mâchoires jusqu'à endolorir les muscles de son visage et de son cou. Françoise devina son malaise et prit ses mains dans les siennes, lui murmura à l'oreille quelque chose qu'elle ne comprit pas, peut-être qu'elle devait sortir; mais ça n'avait plus d'importance, de toute façon la cérémonie était finie, la bière, que des hommes portaient sur les épaules, parcourait la nef centrale, et elle se retrouva sans s'en rendre compte dans la même voiture avec le même chauffeur qui la ramenait à la maison; Françoise l'avait couverte de son manteau et lui serrait les épaules d'un bras pour la réchauffer. Et il ne lui fut pas facile de la renvoyer gentiment, de lui faire comprendre avec douceur mais fermeté qu'elle n'avait pas besoin d'elle pour la nuit, qu'elle voulait rentrer seule et rester seule dans cette énorme maison déserte, que les soins de la domestique lui suffiraient si elle avait besoin de quelque chose, que c'était sa première nuit de solitude et qu'elle voulait entrer seule dans sa solitude. Enfin elle prit congé, Françoise l'embrassa, les yeux brillants, elle entra dans la maison silencieuse, sonna pour se débarrasser de la domestique et lui dit qu'elle pouvait se retirer, elle n'avait besoin de rien – qu'elle décrochât seulement le téléphone, si elle voulait bien. En montant l'escalier, elle entendit l'odieuse pendule chinoise qui sonnait sept coups. Elle s'arrêta sur le palier et ouvrit avec avidité la petite porte de verre du cadran. Elle commença à faire tourner les aiguilles d'un doigt, avec une lenteur déterminée, et la pendule sonna allègrement huit heures, puis neuf, puis dix, puis onze, puis douze. Elle lui fit faire un tour complet et dit : c'est déjà demain. Et puis elle lui fit faire un autre tour et dit : c'est déjà après-demain. Puis elle retourna en arrière et la pendule obéissante sonna toutes les heures en ordre décroissant. Elle redescendit les escaliers et entra dans la bibliothèque, où flottait une vague odeur de cigarettes. Pour l'atténuer, elle alluma un bâtonnet d'encens et entrouvrit la fenêtre. Maintenant il pleuvait fort. Dans la cheminée, la bonne avait préparé un fagot de bois avec des pommes de pin. Une allumette suffit, et les flammes montèrent tout de suite, si vives et si lumineuses qu'on pouvait éteindre la lampe centrale. Elle l'éteignit. Elle ouvrit le coffre-fort et en retira l'écrin d'acajou. Les manuscrits y étaient disposés avec ordre, en liasses retenues par un élastique comme des billets de banque. Sur chaque liasse, il y avait une date, et sa signature à lui. Elle les sortit toutes et les regarda une à une. Le choix était très difficile. Elle pensa au roman puis en écarta l'idée. Le roman, en dernier lieu, en février peut-être. La pièce, non plus. Elle pensa à la correspondance. Les poèmes auraient pu faire l'affaire, mais peut-être le journal convenait-il mieux. Elle le soupesa et regarda les pages. Trois cents, c'était le numéro écrit au crayon sur la dernière. Bon Dieu! Elle s'installa dans le fauteuil devant la cheminée et chiffonna la première page pour la lancer dans les flammes sans devoir trop bouger. Elle la vit brunir, avant de se transformer en cendres. Pauvre idiot, dit-elle, pauvre cher idiot. Elle s'abandonna dans le fauteuil en regardant le plafond. L'hiver serait long, il ne faisait que commencer. Elle sentit les larmes lui monter aux yeux, et les laissa couler sur son visage, abondantes, irrépressibles.

RÉBUS

Cette nuit j'ai rêvé de Myriam. Elle portait un long vêtement blanc qui ressemblait, de loin, à une chemise de nuit; elle marchait sur la plage, les vagues étaient immenses, effrayantes, et se brisaient en silence, ce devait être la plage de Biarritz, mais elle était totalement déserte; j'étais assis sur une chaise longue, la première d'une interminable rangée, toutes inoccupées; mais peut-être était-ce une autre plage, car je ne me souviens pas d'avoir vu de telles chaises longues à Biarritz, ce n'était qu'une plage symbolique; je lui ai fait signe pour l'inviter à s'asseoir, mais elle a continué à marcher comme si elle ne m'avait pas vu, en regardant droit devant elle et, quand elle est passée près de moi, j'ai senti une rafale de vent glacé sur mon corps, comme si un halo l'entourait : alors, stupéfait mais nullement surpris, comme cela arrive dans les rêves, j'ai compris qu'elle était morte.

Parfois, une idée ne semble plausible que de cette manière : en songe. Sans doute parce que la raison est timorée et ne parvient pas à combler les vides entre les choses, à reconstituer une totalité, une forme de simplicité; elle préfère les solutions complexes, regorgeant de lacunes; c'est alors que la volonté s'en remet au rêve. A l'inverse, peut-être rêverai-je, demain ou un autre jour, que Myriam est vivante; elle marchera au bord de la mer et répondra à mon appel, s'installera à mes côtés dans une chaise longue, sur la plage de Biarritz ou sur une autre plage symbolique; elle remettra ses cheveux en place, comme elle avait coutume de le faire, d'un geste lent, alangui, sensuel, et, face à la mer, elle désignera une voile ou un nuage; et elle rira, et nous rirons, heureux d'être là ensemble, de nous être retrouvés à notre rendez-vous. La vie est un rendez-vous, c'est une banalité, j'en ai conscience, Monsieur, à ceci près que nous n'en connaissons jamais le lieu, la date, les circonstances, et ignorons qui nous devons rencontrer. Alors nous nous disons : si j'avais dit ceci au lieu de cela, ou cela au lieu de ceci, si je m'étais levé plus tard, ou plus tôt, je serais imperceptiblement différent, et le monde entier serait sans doute imperceptiblement différent. Ou bien il serait pareil à lui-même, et je n'aurais aucun moyen de le savoir. Mais je ne serais peut-être pas en train de raconter une histoire, de proposer à votre sagacité un rébus sans solution, ou dont la solution ne peut être que celle que cette aventure a connue, et dont j'ignore tout. Ainsi, de temps à autre, rarement, devant un verre, je soumets l'énigme à un ami, je lui dis : je te propose de déchiffrer un rébus, voyons si tu y parviens. Vous-même, pourquoi vous intéressez-vous aux rébus, êtes-vous passionné de devinettes, ou bien seulement animé par la curiosité stérile de celui qui regarde vivre les autres? Un rendez-vous et un voyage, autre banalité, je pense à la vie, bien sûr, qui sait combien de fois cela a été dit; et puis, à l'intérieur du grand voyage, nous effectuons d'autres voyages, de petits parcours insignifiants à la surface de cette planète qui voyage à son tour, mais vers quelle destination? Vaste rébus, je dois vous sembler fou. Pourtant, à l'époque, j'étais immobile, dans une période de stase, mon temps stagnait dans une flaque de paresse, j'avais la tranquillité de qui n'est plus trop jeune sans être trop adulte, j'attendais simplement la vie.

Et ce fut Myriam. Je suis la comtesse du Terrail, je dois me rendre à Biarritz. Moi je suis le marquis de Carabas, mais je m'éloigne rarement de mes terres. Tout a vraiment commencé ainsi par ces répliques. Nous étions *Chez Albert*, du côté de la porte Saint-Denis, un lieu qui ne sied pas vraiment aux comtesses. L'après-midi, lorsque je fermais l'atelier, j'allais boire quelques verres dans ce bistrot; à présent il n'existe plus, à la place se trouve une de ces boutiques où l'on vend de la chair humaine sur pellicule, les temps changent. Albert aurait souhaité être enterré au Père-Lachaise, près de Proust, mais je crois qu'on l'a mis au cimetière d'Ivry, en banlieue, signe des temps, cela aussi. C'était une autre époque, je ne voudrais pas paraître nostalgique, mais c'était vraiment une autre époque; prenez les voitures d'aujourd'hui, leur moteur est tout comprimé, contenu dans un mouchoir de poche, on n'a même pas la place de démonter le carburateur. Albert n'était pas mon associé à proprement parler, mais c'était tout comme, il m'amenait beaucoup de voitures, il avait été pilote de rallye à l'époque où les routes n'étaient pas goudronnées et où l'on mettait dc grosses lunettes pour se protéger les yeux de la poussière. C'était un petit homme tout menu que le comptoir de son bar avait rendu mélancolique, qui ne riait que lorsqu'il avait bu un verre de trop, alors il servait de la bière d'Alsace à la pression et vous envoyait la chope en la faisant glisser sur le bar, comme dans les films de cow-boys, en disant : *la vitesse!* La vitesse l'avait marqué, mais pas trop, il boitait un peu et sa main gauche parvenait difficilement à saisir les objets. Il avait réussi à acheter la voiture d'Agostinelli. De Proust, je veux dire. Dieu seul sait par quel moyen. Agostinelli était le chauffeur de Proust, un brave garçon, ils avaient fait le circuit des cathédrales gothiques normandes ensemble, je ne sais s'il y avait quelque chose entre eux, c'est secondaire, comme vous le savez, Proust avait des goûts particuliers. Quoi qu'il en soit, pour en revenir au sujet qui nous intéresse, j'avais écrit un texte quelques années auparavant, lorsque j'étais en première année de Lettres, et je pensais en faire ma thèse, mais par la suite j'avais tout plaqué, la Sorbonne, ses professeurs, j'avais le sentiment d'avoir affaire à des invalides, ma thèse devait s'intituler *Les Impressions de Proust en automobile*, mais je m'intéressais évidemment moins à Proust qu'à son automobile, et un beau jour je m'étais décidé et j'avais fait publier mon texte en deux épisodes dans une revue ignoble, une mauvaise imitation de *Harper's Bazaar* – je ne vous dirai pas son nom pour que vous ne la retrouviez pas. Je ne sais pas par quel miracle elle avait échoué dans les mains d'Albert, mais pour lui c'était normal, tout finissait par échouer entre ses mains. Et puis, vous savez ce qu'est la vie, un tissu dont tous les fils se croisent, c'est ce que j'aimerais comprendre un jour, avoir une vue globale du motif. Ainsi, j'échouai un soir *Chez Albert* avec ma revue sous le bras et commandai un verre. Je rôdais du côté de Saint-Denis parce qu'on m'avait dit qu'il y avait là un vieil homme qui remettait en état les voitures anciennes; je connaissais la mécanique sur le bout des doigts, j'ai grandi dans un garage à Meudon, là où habitait Céline, mais je ne l'ai jamais rencontré, on a dit qu'il était méchant, mais bon médecin, surtout pour les pauvres. Albert vit la revue que j'avais dans les mains et me dit qu'elle contenait un article sur l'automobile de Proust, et qu'il avait été écrit par un fou qui signait du nom de marquis de Carabas. Le marquis de Carabas c'est moi, lui dis-je, mais je suis tombé en déconfiture, je cherche la carrosserie Pégase, on m'a dit qu'ils embauchent un aide-mécanicien. Albert me regarda pour voir si je plaisantais, mais j'étais sérieux, et en fait un peu découragé, ne t'en fais pas mon garçon, la carrosserie est dans cette cour, il y a même l'automobile d'Agostinelli, je l'y ai amenée moi-même dimanche dernier, je l'ai achetée dans un cimetière de voitures de Suresnes, ils ne savaient même pas ce que c'était, et il s'agit maintenant de la remettre en état. Nous passâmes tout l'été à la remettre en état. Celle-ci n'est pas à vendre, répétait Albert, elle servira à mon dernier voyage, c'est avec elle que je veux aller au Père-Lachaise, avec une petite fanfare qui jouera *En passant par la Lorraine* : Albert était lorrain, on l'aura deviné. Je ne sais si vous connaissez l'automobile de Proust, peut-être l'avez-vous vue en photographie, on dirait un monument, elle a deux phares grands comme des projecteurs qui servaient également à éclairer le tympan des cathédrales. Parfois, lui et Agostinelli arrivaient dans une petite ville déserte à la nuit tombée, la traversaient, s'arrêtaient sur la place, légèrement en pente pour que le faisceau des phares soit dirigé vers le haut. Éclaire le tympan, Agostinelli, disait Proust, puis il ouvrait Ruskin, qui était sa bible, ces faits sont authentiques, ils ont été relatés dans *le Figaro* en 1907, sous le titre *Impressions de route en automobile.* Naturellement, je n'ai jamais eu la certitude que notre automobile fût bien celle de Proust, à la casse où Albert l'avait achetée, ils n'avaient plus la carte grise, il était impossible de remonter jusqu'au premier propriétaire, mais c'était la même, et à l'intérieur de la boîte à gants se trouvait une paire de gants qui, pour Albert, n'autorisaient pas le doute et, puisqu'il aimait à le croire, quel mal à cela? Elle ne servit pas toutefois le jour de son enterrement, mais c'est une autre histoire.

A la mort du propriétaire de l'atelier, je repris l'entreprise. Elle n'était pas encore à moi sur le papier, bien que le capital le fût, car Monsieur Gélin, l'ancien propriétaire, m'avait laissé toute latitude, et j'avais fait des affaires en or, en grande partie grâce à Albert qui me procurait des voitures. Je m'occupais des acheteurs, j'avais aménagé un petit bureau pour les relations publiques, car je ne pouvais décemment recevoir les clients à l'atelier, c'était un bureau microscopique mais très élégant, avenue Foch, quartier chic, salle d'attente et bureau doublé de frisette, copies d'ancien, plaque de cuivre sur la porte : *Pégase. Voitures de luxe.* Je recevais deux jours par semaine, le samedi après-midi et le dimanche matin, aux heures indiquées sur la publicité, et habituellement je m'ennuyais à mourir car j'avais à peu près un client par mois; il suffisait que je vende sept ou huit automobiles par an pour gagner ce que nous nous étions fixé. Albert dénichait de vieux tacots qui ne nous coûtaient pas grand-chose, il s'était également mis en cheville avec une carrosserie de Marseille qui nous fournissait des antiquités pour des sommes dérisoires. Il suffisait de travailler, et le travail ne manquait pas, mais j'aimais cette activité, et j'avais embauché un aide, le fils d'une cousine d'Albert, un garçon vif qui faisait merveille, il s'appelait Jacob, et était lui aussi lorrain. Trois ou quatre ans durant, nous réparâmes un peu de tout : des Delage, des Aston Martin, une Hispano-Suiza, une Isotta Fraschini, une majestueuse Ford blanche et même une Fiat Mefistofele 1922, la plus belle voiture de course du monde, ce n'était pas une automobile mais une torpille, c'était une copie du prototype de 1908 qui avait battu le record du monde de vitesse en 1924. Nos clients étaient généralement des Américains de passage à Paris qui cherchaient des voitures d'époque, des richards passionnés par l'Europe et qui parlaient un français épouvantable, ils se voyaient comme autant de Fitzgerald géniaux et futiles : Montmartre, champagne et *Sous le ciel de Paris.* C'était toute une époque. Les gens avaient été tellement effrayés par les bombes et les carnages qu'ils voulaient s'amuser, se sentir vivre, amusons-nous et haut les cœurs, s'il nous est donné de vivre, sachons jouir du présent, n'imitons pas les vieilles filles racornies. Un vieil Égyptien était devenu notre meilleur client, c'était un gros homme jovial qui nous achetait une voiture tous les trois mois, une à chaque changement de saison, disait-il en riant comme un enfant, et puis, régulièrement, il les endommageait, il buvait comme un trou. Je crois qu'il a mal fini, la police française l'a arrêté, je n'ai jamais su pourquoi, pour motifs politiques a-t-on dit, mais allez savoir. Albert voulait que je prenne femme, marie-toi Carabas, me disait-il, tu as dépassé la trentaine, il te faut une gentille épouse, que peut faire un homme seul chez lui après avoir réparé une capote, on vieillit vite, le temps passe plus rapidement que tu ne le penses. Albert était un peu philosophe, comme tout bon mécanicien, vous ne le croirez sans doute pas, Monsieur, mais en étudiant les automobiles on comprend beaucoup de choses, la vie est un engrenage, une petite roue par-ci. une pompe par-là, et une courroie de transmission qui relie le tout et transforme l'énergie en mouvement, comme dans la vie; un jour j'aimerais bien comprendre comment fonctionne la courroie de transmission qui relie entre elles les pièces de ma vie, le principe est le même, il suffirait d'ouvrir le capot et de regarder tourner le moteur, trouver le fil conducteur qui relie les instants, les personnes, les choses, et pouvoir dire : voici le moteur, c'était telle époque, et voilà Albert, il me servit de démarreur, les pistons et la chambre de combustion, c'était moi, et voilà enfin la bougie d'où jaillit l'étincelle de l'allumage; et maintenant, en voiture, en route. L'étincelle ce fut Myriam, bien sûr, vous l'avez deviné, mais en quoi consistait la courroie de transmission? Non pas la plus évidente, une Bugatti Royale, comme je le dis à Albert; mais la vraie courroie occulte, qui relie toutes les pièces entre elles, grâce à laquelle une voiture se déplace précisément comme la nôtre le fit, avec son rythme propre, ses pulsations, son élan, sa vitesse et ses arrêts.

On ne résiste pas à une Bugatti Royale, dis-je à Albert, je pars. Il se tourna vers moi, il nettoyait son comptoir, j'eus l'impression qu'une ombre de mélancolie voilait son regard, elle te posera des problèmes, dit-il, tu le sais mieux que moi, mais je te comprends, c'est ta course, tu es toujours resté sur la ligne de départ et la piste est là, elle t'attend, t'invite, tu es trop jeune, on ne peut se soustraire à l'appel du risque. Mais auparavant il faut que je revienne un peu en arrière, car notre conversation ne s'était pas arrêtée là, je veux dire entre Myriam et moi, quand je lui avais dit être le marquis de Carabas et que je ne désirais pas quitter mes terres. Je vous en prie, ne plaisantez pas, me dit-elle. Je suis très sérieux, lui répondis-je. Alors elle répéta, je vous en prie, ne plaisantez pas. Et, saisissant son verre d'un geste distrait, comme si ce qu'elle allait dire était tout naturel, elle déclara : on veut me tuer. Elle parlait comme une femme qui a trop bu dans sa vie, qui a vu trop de choses, qui a trop aimé, et qui est donc au-delà du mensonge; je la regardai comme un idiot, sans trouver de réplique, puis j'objectai lâchement :

mais moi, qu'est-ce que j'y gagne? Alors, elle vida son verre d'un trait et eut un sourire mélancolique, comme si une illusion de plus s'était envolée, très peu de chose, il est vrai, dit-elle, quasiment rien, elle posa de la monnaie sur la table, se leva, remit ses cheveux en place avec le même geste las, excusez-moi, dit-elle, et elle s'en alla. Je ne la rappelai pas, près de son verre, elle avait laissé une boîte d'allumettes qui portait une inscription : Myriam, et un numéro de téléphone. Je me dis : mieux vaut ne plus y penser. Mais le samedi suivant, je fis la connaissance du comte. J'étais dans mon bureau avenue Foch, l'été entrait dans la pièce et je pouvais voir, par la fenêtre, le vert tendre des arbres, je lisais un livre écrit par un élégant Italien qui était allé à Pékin en automobile au début du xxe siècle, je ne me souviens plus de son nom, quand le comte fit son entrée. Je ne savais évidemment pas de qui il s'agissait, c'était un homme corpulent qui portait un bouc aux reflets roux, plus tout jeune; blazer bleu et pantalon clair, lunettes de soleil désuètes, canne et journal sous le bras, l'allure d'un banquier ou d'un avocat très riche. Tout en se présentant, il s'installa et croisa péniblement les jambes, il était trop corpulent. Je crois que ma femme vous a contacté pour louer vos services, dit-il lentement, j'aimerais établir les termes de cette collaboration. Sa voix traduisait l'ennui, presque l'embarras, comme si tout cela ne le regardait en rien et qu'il voulait se débarrasser de cette obligation au plus vite en signant un chèque. Nous avons une voiture ancienne, continua-t-il, une Bugatti Royale modèle 1927, ma femme s'est mis en tête de l'amener à Biarritz pour participer à un rallye dont l'arrivée sera jugée à Saint-Sébastien. Comme je l'avais prévu, il sortit son carnet de chèques, y inscrivit un chiffre qui dépassait pour moi le prix d'une Bugatti, et signa. Plus que jamais son visage traduisait l'ennui, je commençais à m'enflammer et cherchais à me contrôler. La France regorge de chauffeurs, étais-je sur le point de lui dire, passez une annonce dans un journal et vous aurez toute une file de serviteurs devant votre porte, et maintenant vous me pardonnerez, mais je suis très occupé. Mais ce fut lui qui parla, je désire que vous refusiez de l'accompagner. Et il me tendit le chèque. Sa main resta en suspens, je le regardai d'un air ahuri, je sentais bien ce que son histoire comportait de confus, tout était trop vague, trop contradictoire. Je ne sais pourquoi, d'instinct, je lui mentis : je ne connais pas votre femme, je n'ai jamais reçu d'offre d'emploi, et je ne sais pas de quoi vous parlez. Ce fut son tour d'être surpris, je le jurerais, mais il ne se démonta pas. Il déchira le chèque et le jeta dans la corbeille. S'il en est ainsi pardonnez-moi de vous avoir dérangé, dit-il, mon secrétaire a dû faire erreur, au revoir. Dès qu'il fut sorti, j'appelai le numéro inscrit sur la boîte d'allumettes. Ce fut l'*Hôtel de Paris* qui me répondit : madame la comtesse et monsieur le comte sont sortis, désirez-vous laisser un message? Il s'agit d'un message personnel, dites seulement à la comtesse que le marquis de Carabas a appelé.

C'était bien une Bugatti Royale, un coupé de ville, je ne sais si cela évoque quelque chose pour vous, Monsieur, je comprendrais que cela n'évoque rien. J'allai la chercher avec Albert dans un petit garage du quai d'Anjou, un portail en bois qui ouvrait sur une courette moussue comme dans une maison anglaise, et, en contrebas, la Seine. Albert n'en croyait pas ses yeux, c'est impossible, répétait-il, c'est impossible ; et il caressait les garde-boue longs et fuselés, je ne sais si vous pouvez comprendre, une Bugatti reproduit les lignes d'un corps féminin, d'une femme assise, le dos bien calé, les jambes en avant. C'était un exemplaire superbe, sa carrosserie était en excellent état, tout comme les garnitures en velours damassé, si l'on excepte quelques trous de mites et un accroc. Seuls les tuyaux d'échappement et les roues étaient en mauvais état, du moins à première vue. Le moteur ne semblait pas avoir trop souffert de sa longue inactivité, il attendait seulement que quelqu'un le tire de sa léthargie. Nous parvînmes à le réveiller et à conduire la voiture à l'atelier. Il manquait l'éléphant sur la calandre, ce fut la seule mauvaise surprise, car il est impossible de participer à un rallye avec une Bugatti Royale sans éléphant. Vous l'ignorez sans doute, ou vous n'y avez jamais prêté attention, mais le sommet de la calandre courbe des Bugatti était orné d'une statuette en argent représentant un éléphant. Elle avait été sculptée par le frère d'Ettore, Rembrandt Bugatti, et ce n'était pas seulement la marque de la maison, comme la Victoire ailée des Rolls Royce ou le cygne des Packard, il s'agissait d'un véritable symbole, mystérieux, comme tous les symboles, c'était un éléphant debout sur les pattes postérieures la trompe levée lançant un barrissement d'amour ou de haine. L'association d'idées est trop facile? Peut-être. Cependant, essayez de vous représenter la scène : une Bugatti Royale bien calée sur le dos, sur une route montant légèrement, les ailerons projetés en avant, prête à bondir, à enivrer, avec une fabuleuse calandre derrière laquelle on sent palpiter l'énergie, la vie : et tout en haut, un éléphant, la trompe érigée.

Je voulais rester à l'écart, Albert téléphona à l'*Hôtel de Paris,* au cas où la comtesse aurait su ce qu'était devenu l'éléphant, il avait simplement disparu, bah! perdu, dit Albert, la voiture n'avait pas servi depuis trop longtemps, ils ont dit que nous n'avions qu'à faire exécuter une copie. Nous dûmes par conséquent trouver une solution au cours de ces trois semaines, tout en fignolant moteur et carrosserie. Un cylindre avait besoin d'une légère rectification, mais cela ne posa pas de problème sérieux. Le garnisseur était un jeune homme qui tenait boutique rue Le Peletier, un malin, il faisait réparer les tissus anciens par les sœurs d'un couvent de sa connaissance, personne ne vaut les sœurs pour ce qui est des travaux minutieux, croyez-moi, elles stoppèrent le damas à la perfection, elles travaillaient à l'envers, un enchevêtrement de fils semblable à un central téléphonique. Le pire fut l'éléphant. Nous trouvâmes bien une sorte de sculpteur disposé à faire une copie en argile à laquelle nous aurions donné l'aspect du métal, mais les cahots de la route auraient eu tôt fait de la fendiller, c'était impossible. Albert se souvint alors d'un maître ébéniste qui habitait le Marais, Lorrain lui aussi, cette histoire regorge de Lorrains, je m'en rends compte, un vieillard qui faisait des sculptures naturalistes sur bois. Nous nous procurâmes facilement des photographies de l'éléphant, et les portâmes au vieillard avec les dimensions de la statue, nous lui demandâmes d'exécuter une copie conforme à l'original. Il fallut ensuite la faire chromer, mais le résultat s'avéra acceptable. Certes, si quelqu'un l'avait observée à l'arrêt, il aurait remarqué le subterfuge, mais en roulant, elle semblait authentique. Le départ constitua un événement. Ce matin-là, Albert s'était totalement imprégné de son rôle de père et me demandait s'il ne me manquait rien, si j'avais pensé à telle et telle chose. Le jour précédent, j'avais acheté une valise en cuir, la voiture, comme le voyage, le méritait bien, et aussi une veste en lin couleur crème, une autre en peau de chamois et un foulard italien en soie. Dès mon arrivée à l'*Hôtel de Paris,* un portier en livrée m'ouvrit la portière et me fit une courbette, je lui demandai de prévenir la comtesse, je me sentais plus marquis de Carabas que jamais. Un porteur chargea une petite valise et un nécessaire, la comtesse descendit en compagnie de son mari, me salua distraitement et monta à l'arrière. Ce fut la première surprise de la journée, car je redoutais la rencontre avec le comte, je n'avais aucune envie de le voir; il me salua cependant comme si nous ne nous étions jamais vus, feignant à la perfection. C'était un lundi de la fin juin. Nous nous voyons dans une semaine à Biarritz, ma chère, dit-il d'un ton affable, si cela t'est possible, envoie-moi ton chauffeur à la gare, mon train arrive à vingt heures trente-cinq, sinon nous nous verrons au Palais. Comme je passai la première, elle lui fit un petit signe de la main par la fenêtre.

Je fus surpris, pour la seconde fois, par son injonction : prenez la Nationale 6, et aussi par le ton de sa voix. Elle parlait sur un ton sec, décidé, comme dicté par une volonté farouche ou par une phobie, et j'objectai : ce n'est pas la route de Biarritz. Je désire passer par une autre route, répondit-elle sèchement, je vous prierais de ne pas formuler d'objections. Et puis il y avait une troisième surprise, car lors de notre première rencontre *Chez Albert*, elle semblait tellement désarmée, vulnérable, que l'on avait le sentiment de lire sa vie sur son visage : en cet instant, elle se cachait derrière un masque qui la faisait paraître réservée, distante, comme une véritable comtesse. Elle était belle, certes, mais ce n'était pas une surprise; cependant, ce jour-là elle me sembla d'une beauté absolue, car je compris qu'il n'existait pas au monde de beauté plus grande que celle d'une femme, vous me comprenez, Monsieur, et cette prise de conscience fit naître en moi une sorte de frénésie. Pendant ce temps, la Bugatti filait sur les douces routes de France, droites, avec des montées, des descentes, comme les nôtres, si accueillantes, bordées de platanes. La route fuyait à l'arrière, s'ouvrait devant nous, et je songeais à ma vie, à mon indolence, à ce que m'avait dit Albert, et j'éprouvais de la honte à ne jamais avoir connu l'amour. Non pas l'amour physique, naturellement, qui avait eu sa place dans ma vie comme dans celle de quiconque : mais le véritable amour, celui qui vous consume de l'intérieur, vous enveloppe comme un halo, et vibre comme un moteur tandis que les roues tournent. Tel était vraiment mon sentiment, une sorte de remords, de prise de conscience de ma médiocrité, ou de ma lâcheté; mes roues avaient tourné jusque-là lentement, paresseusement, sur une route déjà longue, et je ne me souvenais même pas du paysage. A présent je parcourais une route qui ne menait nulle part, en compagnie d'une femme belle et distante qui fuyait ou évitait je ne sais quoi : un voyage inutile, je le sentais bien, une route déserte comme les précédentes, au cœur de la France. Telles étaient mes pensées en cet instant. Nous approchions de Limoges, la campagne nous entourait et des paysans travaillaient dans les vergers. Limoges, pensai-je, quel rapport entre Limoges et ma vie? Je garai la voiture et m'arrêtai. Je me tournai vers elle et lui dis : écoutez. Mais avant que j'aie pu continuer, elle posa son doigt sur mes lèvres, avec douceur, et murmura : ne fais pas l'imbécile, Carabas. Elle n'en dit pas plus, descendit et s'installa à l'avant, à côté de moi. Repars, dit-elle, je sais que ce voyage est absurde, mais rien n'a peut-être de sens, et j'ai mes raisons.

On éprouve une étrange sensation en arrivant dans une ville inconnue, lorsque l'on sait qu'on y aimera d'un amour jamais éprouvé auparavant. Il en fut ainsi. Nous nous arrêtâmes devant un petit hôtel près de la rivière qui coule à Limoges, une chambre au papier défraîchi, aux meubles ordinaires, à cette époque de nombreux hôtels ressemblaient à celui-là, il suffit d'ailleurs de regarder les films avec Jean Gabin pour s'en rendre compte, Myriam me demanda de la présenter comme ma femme, elle ne voulait pas décliner son identité, et dans cet hôtel on ne prêtait pas attention aux couples. Par la fenêtre, on voyait l'eau et les saules; la nuit était belle, nous nous endormîmes à l'aube. Je lui demandai : qui fuis-tu, Myriam, s'il te plaît, dis-le-moi, qu'y a-t-il dans ta vie? Mais elle posa de nouveau son doigt sur mes lèvres.

Un voyage absurde, comme je l'ai dit, nous passâmes d'abord à Rodez, puis dans les vignobles albigeois, parce que Myriam voulait contempler un paysage. Je croyais qu'il s'agissait d'un panorama, mais c'était un tableau, et nous le trouvâmes. Nous sautâmes Toulouse et allâmes à Pau où sa mère avait passé son enfance, et je pris plaisir à imaginer sa mère enfant, élève dans un collège que nous cherchâmes en vain; je pensais pour la première fois à l'enfance de la mère d'une femme qui était à mes côtés, ce sentiment était à la fois nouveau et étrange pour moi. Puis nous admirâmes les maisons de Pau, et sa magnifique place, les mansardes avec leurs petites fenêtres blanches suspendues aux toits d'ardoise, et j'imaginai un hiver dans cette ville, derrière une de ces fenêtres, j'aurais voulu lui dire : écoute, Myriam, plaquons tout, venons vivre ici, cet hiver, dans une ville où personne ne nous connaît, derrière une de ces fenêtres.

Nous entrâmes dans Biarritz le samedi, le rallye devait avoir lieu le lendemain, je pensais que nous serions descendus à l'*Hôtel des Palais* et y aurions pris deux chambres séparées, mais elle préféra un autre hôtel, l'*Hôtel d'Angleterre* où elle se fit inscrire sous mon nom, dans les hôtels de luxe non plus on ne demande pas leurs papiers aux dames. Elle se cachait, c'était évident : je retournais dans ma tête la phrase étrange qu'elle m'avait dite lors de notre première rencontre et qui m'obsédait, c'était un sujet qu'elle avait toujours refusé d'aborder par la suite, alors je posai mes mains sur ses épaules en la regardant droit dans les yeux, nous étions descendus sur la plage de Biarritz, la nuit tombait, des mouettes s'étaient posées sur le sable annonçant, paraît-il, le mauvais temps, des enfants jouaient autour de nous: je veux savoir, lui dis-je, et elle me répondit : demain tu sauras tout, après la course, demain soir, donnons-nous rendez-vous ici même sur la plage, à présent allons nous promener en voiture, je t'en prie, n'insiste pas.

Pour la course, chaque participant devait porter un costume d'époque en accord avec l'ancienneté de sa voiture, j'avais acheté un pantalon de zouave et un béret à visière en toile claire, ce n'est pas une course, dis-je à Myriam, c'est une mascarade, un défilé de mode, mais elle me répondit que non, que j'allais voir. Ce ne fut pas une vraie compétition mais presque. Le parcours empruntait la route côtière, toute en tournants et surplombs au-dessus de l'Atlantique : Bidart, Saint-Jean-de-Luz, Donibane, et enfin Saint-Sébastien. Nous partîmes trois par trois, après le tirage au sort, sans qu'il soit tenu compte du type de chaque automobile, le parcours était chronométré et le résultat pondéré en fonction de la cylindrée. Nous devions prendre le départ avec une Hispano-Suiza 1928, une Boulogne, et une Lambda 1922 d'un rouge flamboyant, une superbe machine : Mussolini en avait une, c'est tout dire; cependant, l'Hispano-Suiza, un coupé vert bouteille avec un long capot chromé, d'une grande élégance, n'avait rien à lui envier. Nous partîmes parmi les premiers, à dix heures du matin. Il faisait un temps splendide, un vent frais soufflait, poussant des nuages qui voilaient le soleil un bref instant, comme souvent en bord de mer. L'Hispano-Suiza démarra en trombe, laissons-la partir devant, dis-je à Myriam, je ne veux pas qu'on m'impose ma course, nous la rattraperons lorsque je le désirerai. La Lambda roulait derrière nous, à une allure modérée. Un jeune homme à la moustache sombre accompagné d'une jeune fille était au volant, de riches Italiens, sans doute, ils s'esclaffaient sans cesse et nous faisaient, de temps à autre, un signe de la main. Ils restèrent derrière nous dans chaque tournant jusqu'à Saint-Jean-de-Luz, puis, à la frontière d'Hendaye, ils nous dépassèrent pour ralentir sur la ligne droite qui menait à Donibane. Je trouvais étrange qu'ils ralentissent dans la ligne droite, nous avions dépassé l'Hispano-Suiza avant Irun, je comptais accélérer à cet endroit et m'attendais à ce que la Lambda en fît autant. Bien au contraire, elle se laissa dépasser facilement et resta à notre hauteur sur une centaine de mètres, la jeune fille riait en nous faisant de petits signes, ce sont de bons vivants, dis-je à Myriam. Ils arrivèrent sur nous au bout de la ligne droite. A cet endroit il y avait un mauvais virage en « S » que nous avions remarqué le soir précédent et qui était resté gravé dans ma mémoire. Myriam poussa un cri lorsqu'elle les vit fondre sur nous et nous serrer vers le précipice. Je freinai et accélérai immédiatement : d'instinct, j'avais réussi à les heurter à l'arrière, le choc fut sec et rapide mais suffisant. La Lambda fit une embardée à gauche, glissa contre le terre-plein sur une vingtaine de mètres, je suivais la scène dans le rétroviseur, elle perdit un garde-boue contre un poteau, fit une embardée vers le milieu de la route, et repartit à gauche, presque arrêtée, ses roues s'enfonçant dans un tas de gravier. De toute évidence, ils n'avaient rien de grave. J'étais trempé de la tête aux pieds, par une sueur froide. Myriam me serrait le bras. Ne t'arrête pas, dit-elle, je t'en prie, ne t'arrête pas. Je poursuivis donc, Saint-Sébastien s'étendait en contrebas, je crois que la scène n'eut aucun spectateur. Après avoir passé la ligne d'arrivée, j'entrai dans le box installé en plein air, mais ne descendis pas de voiture. C'était intentionnel, dis-je, ils l'ont fait exprès. Myriam était très pâle, elle ne soufflait mot, semblait pétrifiée. Je vais faire une déclaration à la police, dis-je, je veux leur raconter ce qui est arrivé. Je t'en prie, murmura-t-elle. Mais tu ne comprends pas qu'ils l'ont fait exprès, lui criai-je, ils voulaient nous tuer. Elle me regarda avec une expression à la fois bouleversée et implorante. Tu n'as qu'à t'occuper de la voiture, lui dis-je, fais redresser le pare-chocs, je vais marcher un peu. Je sortis de la voiture et claquai la portière, elle n'avait rien de grave, ça aurait pu n'être qu'un mauvais rêve. J'errai dans Saint-Sébastien, rejoignis le bord de mer, c'est une belle ville, avec des maisons blanches style Art Nouveau, puis j'entrai dans un café immense aux murs couverts de miroirs noircis, un café comme on en trouve seulement en Espagne, qui font aussi restaurant, et mangeai une assiette de poisson frit.

Myriam m'attendait dans la voiture, près des boxes. Elle s'était reprise et avait retouché son maquillage, la peur était passée, les mécaniciens avaient redressé les pare-chocs, la course était terminée, la foule se dispersait. Je lui demandai si nous avions gagné. Je ne sais pas, me répondit-elle, peu importe, retournons à l'hôtel. Je ne fis pas attention à l'heure, il devait être trois heures de l'après-midi. Nous ne parlâmes plus jusqu'à Irun, à la frontière, lorsque les douaniers virent que notre voiture avait participé au rallye, ils nous firent signe de passer, nous étions de retour en France. Alors, je me rendis compte. J'en pris conscience par pur hasard, parce que nous avions le soleil dans le dos et que son reflet sur la sculpture du capot me gênait, comme un scintillement dans un miroir. Le matin, à l'aller, nous avions également le soleil dans le dos, mais le reflet ne me gênait pas car le bois avait partiellement absorbé le chromage qui était devenu opaque. J'arrêtai la voiture, je n'avais pas besoin de descendre pour contrôler, j'en étais certain. On a changé l'éléphant, dis-je, cette statuette-ci est en métal, en acier ou en argent, je ne sais pas, mais ce n'est plus la même. Et puis une autre idée me vint, absurde, mais je l'exprimai : je veux savoir ce qu'elle contient. Myriam me fixa et pâlit. Elle avait le même teint de cendres qu'au moment de l'accident, et il me sembla la voir trembler. Je te le dirai ce soir, je t'en prie, dit-elle, mon mari arrive dans quelques heures, je veux partir d'ici.

Alors je lui demandai : tu as peur de lui, quand je t'ai connue tu m'as fait une confession, tu te souviens, c'est lui que tu crains? Elle serra ma main dans la sienne, elle tremblait, partons, dit-elle, je t'en prie, ne perdons pas de temps, je veux retourner à l'hôtel. Nous nous aimâmes intensément, presque convulsivement, comme si nous obéissions à un instinct extrême de survie. Je restai sous les draps, hébété, mais ne dormis pas, je gisais dans cette sorte d'engourdissement du corps qui autorise l'esprit à errer d'image en image, je voyais défiler devant mes yeux Albert et l'atelier Pégase, la place de Pau et ses mansardes, un petit éléphant en métal, le ruban de la route, un escarpement sur la mer, Myriam était debout au bord du précipice, le comte s'avançait sans bruit et la poussait dans le vide, elle tombait en serrant contre elle le sac à main qu'elle ne quittait jamais. Le fil de mes pensées fut interrompu par Myriam qui se leva et entra dans la salle de bains, mon bras droit glissa sur le sol, cherchant son sac, je l'ouvris délicatement et y introduisis la main, je sentis la crosse d'un pistolet, je la saisis sans raison, me levai rapidement et m'habillai. Je consultai ma montre, j'avais tout mon temps. Myriam sortit de la salle de bains et comprit sur-le-champ, mais elle ne dit rien. Je lui demandai de faire ses valises et de m'attendre. Non, répondit-elle, je t'attends sur la plage, rester seule dans une chambre m'effraie. A neuf heures et demie, lui dis-je. Laisse-moi la voiture, dit-elle, il est plus prudent que tu prennes un taxi. Je descendis payer la note et pris un taxi. Un léger brouillard se formait. Je me fis déposer près de la gare et errai dans les rues, je me demandais ce que j'allais faire tout en sachant que je n'en avais pas la moindre idée, il me semblait ridicule de rester là à attendre un homme que j'avais vu deux fois en tout et pour tout dans ma vie, et pour quoi faire, pour le menacer, pour lui dire que je savais qu'il voulait tuer sa femme? Et que s'il ne renonçait pas à ses plans... Que ferais-je s'il réagissait? Je tournais et retournais sans cesse dans ma poche le petit pistolet qui semblait un jouet, il y avait peu de monde sous l'auvent de la gare, le haut-parleur annonça l'arrivée du train, je me cachai, l'air indifférent, derrière une colonne sur le quai, car il savait qui j'étais. Je me demandais : vais-je l'affronter ici, ou bien le suivre dans la rue? Ma main moite de transpiration serrait le pistolet, les passagers commencèrent à descendre, un groupe d'Espagnols joyeux, une nurse avec deux enfants blonds, un couple de jeunes mariés, quelques touristes : peu de gens. Et puis les employés des chemins de fer, avec balais et aspirateurs, ils ouvraient les portières et commençaient à nettoyer les wagons. Il me fallut quelques instants pour me rendre compte qu'il n'était pas dans le train : quand j'en fus conscient, je fus soudain pris de panique. Ce n'était pas vraiment de la panique, mais une profonde anxiété, je traversai rapidement le hall de la gare, hélai un taxi et me fis déposer à l'*Hôtel des Palais*, j'aurais pu m'y rendre à pied, mais j'étais pressé. Le *Palais* était un splendide hôtel, un des plus anciens de Biarritz, blanc et majestueux, et léger en dépit de ses dimensions. Le réceptionniste examina attentivement le registre du début à la fin, puis en sens inverse, son doigt courait sur les noms qui y étaient inscrits. Non, dit-il, cette personne n'est pas descendue ici. Il va sans doute arriver, rétorquai-je, pouvez-vous vérifier les réservations, il devrait y figurer avec sa femme. Il saisit le livre des réservations et l'examina avec autant de soin que le précédent. Non, Monsieur, je suis désolé, nous n'avons aucune réservation à ce nom. Je demandai le téléphone et appelai l'*Hôtel d'Angleterre.* Madame est sortie peu après vous, me répondit le préposé à la réception. Vous en êtes certain? Absolument certain, elle m'a remis les clefs de la chambre et est partie en voiture, le porteur a chargé ses bagages. Je sortis du Palais et partis en direction de la plage toute proche. Je descendis l'escalier, marchai à pas lents sur le sable, il était neuf heures et demie, le brouillard s'était épaissi et la mer était grosse, il peut faire froid à Biarritz, les soirs d'été. Près du lieu de notre rendez-vous il y avait un établissement balnéaire avec une rangée de chaises longues. Je m'assis sur l'une d'elles et contemplai la mer. J'entendis le clocher de Biarritz sonner dix heures, puis onze heures, minuit. Le pistolet était toujours dans ma poche, je voulus le jeter à la mer, mais n'en fus pas capable, je ne saurais dire pourquoi. Savez-vous qu'un jour j'ai même fait passer une annonce dans *le Figaro*? « *Éléphant perdu cherche Bugatti 1927.* » Risible, non? Mais c'était il y a bien longtemps, à présent cela me paraît ridicule. Ah! vous m'avez trop fait boire, Monsieur, mais pour ce qui est de boire, vous êtes de bonne compagnie. Parfois, savez-vous, quand on a un peu trop bu, la réalité paraît moins complexe, on saute les vides entre les choses, tout semble concorder et on peut dire : j'y suis. Comme dans les rêves. Mais pourquoi vous intéressez-vous aux affaires des autres? Vous devez être tout aussi incapable de combler les vides entre les choses. Vos propres rêves ne vous suffisent-ils pas?

(Traduit de l'italien par Christian Paoloni.)

LES CHARMES

Tu vois, par exemple, ça ce sont les pieds de mon père, moi je les appelle Constantin Dragazete, qui fut le dernier empereur de Byzance, un homme valeureux et malheureux, tout le monde le trahit et il mourut seul sur une brèche de la ville assiégée; mais pour toi ce ne sont que deux pieds de celluloïd, je les ai trouvés sur la plage la semaine dernière – la mer apporte parfois des morceaux de poupées –, j'ai trouvé ces deux jambes et j'ai tout de suite compris qu'il s'agissait de papa, qui, de là où il se trouvait, m'envoyait la représentation de ses pieds pour venir à la rencontre de mon souvenir, je l'ai *senti*, je ne sais pas si tu comprends.

Et moi je lui disais oui, et alors, bien sûr que je comprenais, mais après tout on pouvait aussi faire un autre jeu, un jeu en plein air, dans le jardin; à la maison tout le monde dormait, c'était tellement excitant de s'éclipser quand les autres faisaient la sieste et que la maison était plongée dans le silence. De toute façon, si cela ne lui convenait vraiment pas, on pouvait se coucher à plat ventre sur le tapis de sa chambre et lire *le Fantôme de l'Opéra*, cette fois je ne ferais pas le moindre geste pour ne pas déranger sa lecture, c'est promis, j'aimais tellement quand elle lisait, sa voix murmurant près de mon oreille, j'avais l'impression de rêver. Je serai ton humble auditeur, je te le jure, ma petite Clelia. Et à ce moment-là, je me rendais compte que je venais de tout gâcher, j'aurais voulu me donner des gifles, idiot que j'étais à toujours confondre la petite Clelia avec Mélusine, la sorcière malheureuse.

Elle me jetait un coup d'œil féroce à travers son verre unique et puis enlevait ses lunettes ridicules avec une lentille obturée par du carton et laissait aller son « défaut de convergence de l'œil gauche » qui s'accentuait considérablement quand elle était en colère. Les mots comptaient beaucoup pour Mélusine, combien de fois devait-elle me le répéter? Parce que les mots *sont* les choses, bien sûr, elle n'avait pas besoin de me le rappeler, j'avais très bien compris, ce sont les choses transformées en pur son, leur fantôme, et il fallait faire très attention avec les choses de ce monde, les choses sont susceptibles, d'accord. Mais comment objecter que son strabisme ne se vexerait pas si je l'appelais simplement strabisme au lieu de « défaut de convergence de l'œil gauche »? Ça ne se voyait d'ailleurs pas tellement si elle ne s'énervait pas, et puis elle avait de longs cheveux blonds et me plaisait quand même, et ses « faibles aptitudes aux exercices physiques » m'importaient peu, c'était cela que j'aurais voulu lui dire. Mais parler de ses « faibles aptitudes aux exercices physiques » aurait été catastrophique après l'impardonnable erreur de l'avoir appelée Petite Clelia. Petite Clelia, quelle idée! C'était le nom que lui donnait tante Ester, elle l'aurait détestée pour ça, si elle n'avait pas été tante Ester. Impossible de la détester, même avec la meilleure volonté du monde; comment veux-tu détester une personne comme ma mère? me demandait Clelia comme pour obtenir mon approbation. Très vrai, répondis-je, aussitôt soulagé, il est impossible de détester tante Ester, elle est trop bonne. Elle est stupide, rectifiait-elle, on ne peut pas détester les gens stupides, ce que je hais, ce sont les personnes intelligentes, intelligentes et malignes. Et je comprenais à qui elle faisait allusion et je changeais de sujet. Ce n'était pas que la chose me troublât, peut-être ne m'intéressait-elle pas beaucoup, j'aurais préféré jouer dans le jardin, en fin de compte je n'avais que trois ans de moins qu'elle, et je n'étais quand même pas une compagnie à mépriser. Et puis toute la journée à l'intérieur, à l'ombre, au milieu des poupées, tu crois que ça te fait du bien, le médecin ne t'a-t-il pas recommandé du sport et de l'air pur? lui disais-je. Je regardais dehors par la fenêtre et un immense désir d'aller dans la pinède m'envahissait, presque un tourment. Je pensais aux étés précédents et je croyais comprendre que ça ne serait plus pareil; je ne pouvais même plus compter sur le fils des gardiens, en un an il était devenu immense et un léger duvet lui poussait sous le nez, il fumait en cachette derrière le garage et traînait avec sa bicyclette sur le bord de la mer, maintenant il s'appelait Ermanno un point c'est tout, il n'accepterait plus que je fasse Mandrake et lui mon esclave Lotar, je n'avais même pas le courage de le lui proposer. En un rien de temps, tout avait changé. Mais quoi tout, et pourquoi? Je pensais à Clelia qui faisait Diana, la fiancée de l'Homme Masqué, ou bien la terrible reine Maona, charmeuse de serpents, et Ermanno et moi on essayait de découvrir le secret de ses élixirs, et cela me semblait presque ridicule, je comprenais fort bien qu'elle trouve ça ridicule, étendue dans la pénombre de sa chambre en train de lire Gaston Leroux, Arsène Lupin et *le Baiser d'une morte*. Nos escapades dans la pinède, les balades dans la lande, la mer que l'on découvrait derrière les dunes : fini tout cela, je le sentais. Désormais il ne restait que la promenade jusqu'à la plage, les deux heures d'ennui sous le parasol et la glace du samedi soir à la terrasse des bains Andrea Doria. Et puis, de nouveau la même chose, jour après jour. Dix jours seulement s'étaient écoulés et l'été ne finirait jamais. Alors j'avais d'abord pensé écrire une lettre à papa, mais que trouver comme excuse pour qu'il vienne me chercher, peut-être que je n'avais plus envie de rester là? Et puis, est-ce que je pouvais raconter ce que Clelia m'avait dit de son nouveau père? Je ne pouvais pas, je l'avais même juré, et je devais l'appeler oncle Tullio et être gentil avec lui, comme il l'était d'ailleurs avec moi; quand il arrivait le samedi, il apportait toujours deux boîtes, une pour moi et une pour Clelia, et dans celle de Clelia il y avait toujours une poupée, parce que Clelia aimait les poupées, elle en faisait collection, même si elle n'y jouait plus. Et qu'est-ce que je devais dire, après tout? Je l'aimais tellement l'oncle Tullio, c'était l'homme le plus joyeux de la terre, quand il arrivait la maison perdait enfin son air mortuaire. Le samedi soir, il nous emmenait chez le glacier des bains Andrea Doria et je pouvais même manger deux glaces, y compris la coupe Néron avec les griottes. J'aimais aussi beaucoup sa façon de s'habiller, si élégante, avec le veston de lin et le nœud papillon, lui et tante Ester formaient vraiment un beau couple; quand on arrivait sur la Promenade, les gens se retournaient pour les regarder passer, et moi j'étais content pour tante Ester, elle ne pouvait quand même pas faire la veuve le restant de ses jours, avait dit maman, ma sœur a eu raison de refaire sa vie, pauvre chérie. Et tout le monde aurait dit la même chose en la voyant sur la Promenade avec son beau tailleur bleu, les cheveux coupés court comme une jeune fille : une femme heureuse au bras de son mari, qui avait oublié les horreurs de la guerre. Les autres aussi semblaient avoir oublié les horreurs de la guerre, tout le monde avait l'air heureux, en vacances; quant à moi, je n'en avais aucun souvenir, au moment des bombardements j'étais en train de naître. Mais dans l'intimité, la vie de tante Ester ne me semblait pas être des plus heureuses, je pouvais bien le dire. Dès le premier jour de mon arrivée, elle m'avait appelé dans le petit salon où se trouvait l'épinette (mais pourquoi me recevait-elle là, comme si j'étais un invité de marque?) et elle m'avait prié de m'amuser cet été, de m'amuser le plus possible : joue, joue, je t'en prie, mon petit garçon. C'était plutôt bizarre comme prière, moi j'étais justement venu pour passer de bonnes vacances, comme les autres étés. Et puis pourquoi tante Ester se tordait-elle les mains comme ça?

Sois gentil avec Clelia, je t'en prie, reste près d'elle, joue avec elle! Et elle s'était enfuie en toute hâte, comme si elle était sur le point de pleurer.

Jouer avec Clelia, c'était facile à dire. Et cela aurait pu être facile, vu les journées exceptionnelles qui arrivèrent tout de suite après la tempête qui abîma l'auvent, apportant du sable jusque dans le salon par le trou qu'un pot de fleurs avait fait dans les vitres de la terrasse. Mais un jour il y avait *le Mystère de la chambre jaune* et un autre *Carmilla, la reine du sabbat*; et puis toutes ces poupées alignées sur les étagères et la chambre toujours dans la pénombre, je ne savais plus quel jeu inventer, j'avais épuisé ma réserve. Tante Ester avait toujours les yeux brillants et un air vaguement absent, après le repas elle se retirait dans sa chambre et y restait tout l'après-midi, et puis elle errait un peu dans la maison, avec un regard triste, jusqu'à ce qu'elle se mette à l'épinette et joue péniblement les *Polonaises* de Chopin. Et il ne me restait plus qu'à passer sur la pointe des pieds d'une pièce à l'autre à la recherche d'une idée, essayant d'éviter cette boudeuse de Flora qui m'aurait lancé un regard plein de reproches parce que madame ma tante avait besoin de se reposer et que je faisais tout pour la déranger : pourquoi n'allais-je pas dans le parc prendre un peu l'air, hein?

Ce fut une révélation. Parce que je pouvais tout m'imaginer, sauf ça. Sur le moment, je ne voulais pas y croire, mais à bien y penser, c'était parfaitement logique, je me souvenais de tante Ester deux ans auparavant, c'était une femme gaie et pleine de vitalité, tellement énergique, elle nous emmenait même à la mer en vélo, Clelia et moi sur le porte-bagages, et elle arrivait toute rouge et hors d'haleine, les yeux riants, elle se changeait en un instant dans la cabine et se jetait dans l'eau, nageant comme un poisson. Il devait s'être passé quelque chose d'important, quelque chose d'incroyable, pour la mettre dans un état pareil. Il s'était passé *ceci*, me dit Clelia, est-ce que je pouvais comprendre? Bien sûr que je comprenais, mais qui était le coupable? L'œil de Clelia roulait follement, signe d'un grand énervement, sa bouche restait fermée comme si elle avait peur de prononcer ce nom, de toute façon ça n'avait pas d'importance, j'avais compris quand même. Et d'ailleurs, ensorcelée n'était pas le mot exact, disons plutôt *possédée*, puisque le maléfice était l'œuvre d'un être diabolique. J'avais presque eu envie de rire, l'oncle Tullio en Satan, allons donc, avec son nœud papillon et la brillantine dans les cheveux, toujours si affecté avec ses attitudes délicates, j'étais certain que mon père le trouvait même ridicule, si elle voulait une confidence. Eh bien, si c'était ça que je pensais, est-ce que je voulais savoir quelle était *vraiment* la situation, est-ce que je voulais savoir de quoi cet être aux cheveux pommadés et au sourire diabolique avait été capable, est-ce que je voulais vraiment le savoir? Il avait tué son père, voilà, le beau Tullio au nœud papillon, c'était lui l'auteur de tout ça. C'est-à-dire : tué de ses propres mains, non, évidemment; mais c'était comme s'il l'avait fait, parce que c'était lui qui l'avait dénoncé aux Allemands, elle en avait la preuve, elle avait trouvé une certaine lettre, l'avait même transcrite, elle pouvait me la montrer, et tout cela pourquoi, je le savais pourquoi? pour ensorceler son idiote de mère, pour prendre possession de ses biens et de sa vie, voilà pourquoi. Et j'avais trouvé ça exagéré, impossible à imaginer, mais je n'avais pas fait d'objection parce que l'œil de Clelia roulait trop frénétiquement, et tante Ester m'avait recommandé de ne pas la contrarier, ça lui faisait du mal, ça provoquait ses crises; mais ensuite, la nuit, je n'avais pas pu dormir, j'avais rêvé que l'oncle Tullio, vêtu d'un imperméable, commandait un peloton d'exécution; sur les lèvres il avait son beau sourire, et son nœud papillon sortait du col de l'imperméable; le condamné c'était l'oncle Andrea, que je n'avais pourtant pas connu, mais de toute façon je ne pouvais pas le voir car il était loin, adossé à un mur; je comprenais pourtant que c'était l'oncle Andrea parce qu'il criait : je suis le papa de Clelia! Ce cri m'avait réveillé au milieu de la nuit, le parc était plein de grillons et la route littorale complètement déserte, j'étais resté à écouter le bruit de la mer pendant je ne sais combien de temps, peut-être jusqu'à l'aube. Et puis le matin tout était normal, l'idée d'écrire à papa m'avait semblé absurde, la maison était si belle, si lumineuse, tante Ester m'avait proposé de l'accompagner pour faire les courses du week-end, Clelia travaillait avec de la cire et semblait d'excellente humeur, l'oncle Tullio arriverait le lendemain, il nous emmènerait sûrement chez le glacier, au cinéma en plein air on donnait *le Fils de Tarzan*, on s'y rendrait peut-être le dimanche soir, et puis les promesses ont un sens, et j'avais promis à Clelia fidélité et silence.

L'oncle Tullio arriva avec un chaton. C'était un petit chat noir avec une tache blanche sur le front, une petite bête délicieuse, me sembla-t-il. Il se trouvait dans un panier de paille doublé de tissu, il était minuscule, pauvre petit, il fallait lui donner du lait à la petite cuiller, il avait un nœud rose autour du cou et s'appelait Cecè, il était pour Clelia; cela la distraira peut-être un peu, ça ne coûte rien d'essayer, entendis-je l'oncle Tullio dire à tante Ester. Je me souviens du sourire forcé de Clelia tandis qu'elle descendait les escaliers, du coup d'œil d'alarme qu'elle me jeta en cachette, et même d'un signe rapide que je perçus sans bien le comprendre, un geste qui me parut signifier : sois tranquille, ne te laisse pas prendre par la peur. Mais peur de quoi en somme? Et je me souviens du sourire de tante Ester, forcé lui aussi, ou plutôt craintif : elle avait peur que le petit chat ne plaise pas à Clelia, qu'elle trouve quelque chose à redire. Mais, au contraire, elle dit que c'était un amour d'animal, une vraie petite boule de laine; et elle fut très désinvolte, remercia comme il faut, presque distraitement, mais ce jour-là elle ne se sentait pas très bien, et puis elle était très occupée avec une poupée de cire qu'elle devait terminer, pour le moment Flora pouvait s'occuper du chat, de toute façon les chats sont bien dans la cuisine, c'est l'endroit qu'ils préfèrent. Plus tard dans sa chambre, je connus la raison de ce manège. Une raison qui ne me plut guère, maintenant cela suffisait vraiment, je ne voulais plus entendre de tels discours, sérieusement, et j'allais peut-être écrire à mon père pour qu'il vienne me chercher, et puis pourquoi s'obstinait-elle à me faire peur? On aurait dit que ça l'amusait. C'est à ce moment-là que Flora hurla : un cri perçant comme une aiguille et en même temps une plainte, une invocation – et des pleurs, un sanglot semblable à un râle; Clelia me serra la main et dit : mon Dieu, et prononça des mots incompréhensibles en faisant des gestes étranges, et je compris qu'il se passait quelque chose de terrible, quelque chose de mystérieusement terrible et répugnant. Clelia ôta ses lunettes et les déposa sur le lit comme si elle craignait de les casser, et son œil gauche commença à rouler follement, je ne l'avais jamais vu tourbillonner ainsi, je sentis la peur qui montait en moi comme une fièvre, Clelia était devenue extrêmement pâle et serrait les poings, et puis sa bouche se contracta, découvrant ses dents comme si elle riait, elle tomba à la renverse et demeura raide sur le sol, secouée de soubresauts comme si un courant électrique la parcourait. Je descendis les escaliers en dégringolant presque, je me souviens de mon entrée catastrophique dans la cuisine, risquant de me rompre le cou sur la tache d'huile qui inondait le carrelage et que j'aperçus trop tard, je me souviens de l'oncle Tullio et de tante Ester qui essayaient d'enlever les bas de Flora qui gémissait sur une chaise, je me souviens de l'horreur à la vue des bas qui emportaient des lambeaux de peau, laissant sur les jambes des taches brunâtres, je me souviens de mon balbutiement, de l'impossibilité de m'expliquer, de la nausée qui m'envahissait la bouche, jusqu'à ce que je réussisse à crier avec tout le souffle qui me restait que Clelia se mourait, et je commençai à pleurer.

Le lendemain fut une journée de silence. Clelia

me regardait calmement, comme s'il n'était rien arrivé, comme si la veille au soir elle n'avait pas été sur le point de mourir. Le soleil entrait dans sa chambre par la fenêtre grande ouverte, la matinée était bien avancée, la maison semblait noyée dans l'attente. Est-ce que je comprenais maintenant que l'horrible accident arrivé à Flora lui était destiné? Et j'avais encore le courage de m'en aller? Le courage d'écrire à mon père et de la laisser là, dans cette maison, je pourrais le faire?

La journée passa péniblement. Au déjeuner, on mangea un morceau très tard, car l'oncle Tullio et Tante Ester passèrent la matinée à l'hôpital, puis ramenèrent Flora les jambes bandées. Elle était brûlée au second degré. Naturellement on ne parla même pas du *Fils de Tarzan*, d'ailleurs qui en avait envie? En fin d'après-midi, l'oncle Tullio repartit pour la ville, et la vie reprit comme d'habitude, avec cette petite différence qu'il fallait désormais être sur ses gardes parce que le danger nous menaçait, et il fallait peut-être faire quelque chose au plus vite. Mais pourquoi *nous* menaçait? C'était cela que j'aurais voulu comprendre : pour quelle raison m'inclure moi aussi, je n'avais rien à voir là-dedans, le problème ne regardait qu'elle, Clelia. Et puis, quel était ce *quelque chose* qu'il fallait faire au plus vite? Mon cœur battait fort. Le crépuscule tombait et les cigales semblaient affolées, l'une d'elles devait s'être posée sur l'appui de la fenêtre, et son chant envahissait la pièce. Je regardais toutes les poupées de Clelia alignées sur les étagères, je n'aimais pas ces poupées, elles avaient quelque chose de méchant, de menaçant; et je ne voulais pas regarder ce que contenait la valise sortie de dessous le lit avec circonspection, je préférais m'en aller, vraiment, s'il te plaît, Mélusine. Tout à coup la cigale s'était tue, et son silence soulignait le silence de la maison, du parc, de la soirée tranquille. Il fallait agir tout de suite, je devais le comprendre, le mécanisme perfide était entré en action, il avait frappé Flora, mais l'objectif n'était pas Flora, elle le savait parfaitement, et je le savais aussi, il fallait faire comme ça, regarde cette poupée de cire, petit idiot, je l'ai faite cette nuit, ne prends pas cet air ahuri, c'est seulement un petit animal, tu le trouves ressemblant? Et hop! un petit fou rire à cause de mon air stupéfait : ah ah, gros bêta, l'animal qu'il m'a offert ne s'appelle pas Cecè, c'est le nom qu'il lui a donné pour tromper les idiots comme toi, je vais te le dire comment il s'appelle vraiment, Matagot, exactement, c'est son nom. S'il te plaît, ne me regarde pas comme si j'étais folle, je ne le supporte pas, je sais que le nom ne te dit rien, ce n'est pas grave, moi, on ne me trompe pas, tu ne sais pas qui c'est, c'est normal, on est peu à le savoir, c'est le chat de Belzébuth, ils sont toujours ensemble, le chat se promène à sa gauche, trois mètres en avant, préparant le maléfice pour son maître, passe-moi ce coupe-papier. Elle regardait ce délicieux pantin comme s'il était pestiféré, et pourtant c'était elle qui l'avait fait, pauvre petit, c'était vraiment Cecè, elle l'avait très bien réussi, mais je n'y comprenais rien, le maléfice nous menaçait, bien sûr, pauvre ingénu, toi aussi qui es là raide comme un piquet. Attention, tu ne peux pas toucher la victime des mains, seulement avec l'instrument, c'est toi qui dois le relever, et il suffit de l'appeler Cecè, sinon tu gâches tout, essaie plutôt de te concentrer et répète mentalement : Dies, mies, jasquet, benedo, efet, douvema, enitemaus. Elle le frappa dans le cou avec le coupe-papier, et la tête se détacha net, sans que la cire ne s'effrite, à peine quelques petites veines blanches comme un verre frappé par un caillou. Clelia ôta le drap blanc de sa tête et éteignit la bougie, mais moi je n'avais rien répété, on verra demain, dit-elle, le charme est jeté.

C'est ainsi que le jeu commença, comme dans un livre de Carmilla. Et finalement, moi aussi j'avais une occupation, je ne passerais pas la journée à traîner dans le salon. Mais le lendemain, le jeu ne fut pas aussi enthousiasmant que prévu, il s'agissait simplement de ne pas perdre Cecè de vue, même pas un instant, ma tâche se réduisait à cela et, même si j'étais le grand émissaire de la prêtresse Mélusine et lui le diabolique Matagot, ce n'était jamais qu'un chat et il se comportait comme tel, comme un stupide félin domestique sans aucun mystère. Il passa une partie de la matinée à somnoler dans son panier, ce qui m'obligea à entrer de nombreuses fois dans la cuisine ou à errer dans les environs, éveillant les soupçons de cette idiote de Flora qui voyait en moi je ne sais quel danger pour ses confitures, comme si j'aimais ces mélasses écœurantes, jalousement conservées dans le garde-manger. Vers midi, Cecè daigna sortir de son panier, Flora lui avait mis du lait dans un bol, manifestement elle ne lui en voulait pas pour l'accident, et il lécha le bord du récipient de mauvais gré, comme un enfant gâté. Puis il continua à faire le chat sans la moindre ombre diabolique, roulant sur le dos, les pattes en l'air, essayant d'attraper un objet imaginaire bon pour chat. Clelia avait promis de me remplacer un peu avant le repas, mais elle ne tint pas sa parole; je me résignai donc à attendre, assis sur le petit divan de l'entrée, feignant de lire l'encyclopédie pour enfants et gardant un œil sur la porte de la cuisine. Enfin Flora mit le couvert et appela, tante Ester arriva du jardin avec des géraniums qu'elle arrangea sur la console de l'entrée, la sonnette de l'étage supérieur retentit dans la cuisine, éraillée et métallique. Je savais d'avance ce que cela signifiait, bien sûr, et tante Ester aussi : en effet Flora redescendit l'escalier, l'air soucieux, mademoiselle Clelia ne se sentait pas bien et préférait déjeuner dans sa chambre; tante Ester baissa la tête et soupira, et moi je mis la serviette sur mes genoux. Ce fut un déjeuner silencieux, comme toujours. Il y avait du melon et du jambon, et le melon était tellement bon que j'en aurais volontiers mangé un second morceau; en revanche, tante Ester avalait péniblement le sien, elle l'avait découpé en minuscule morceaux qu'elle portait à sa bouche avec une lenteur incroyable, fixant la nappe d'un air absent. Puis elle se leva et dit qu'elle allait faire un petit somme, moi aussi je ferais bien de ne pas sortir, la lumière était crue et le soleil gênait la digestion, on se verrait à cinq heures pour le goûter. Flora finit de laver bruyamment les assiettes dans la cuisine, elle sortit sous la véranda et s'installa sur la chaise longue où elle faisait la sieste durant les heures chaudes. La pendule sonna deux coups, et l'après-midi s'éleva, immense comme une mare de lumière et de silence ponctué par le chant des cigales. Je pensai de nouveau écrire une lettre à papa pour qu'il vienne me chercher. Mais m'aurait-il répondu? Et si la lettre revenait avec la mention « inconnu »? Que dirait Clelia? Qui sait quelle histoire elle inventerait, elle dirait sûrement que mon père n'était pas comme le sien, n'était pas comme Constantin Dragazete qui allait jusqu'à lui envoyer la représentation de ses pieds pour venir à la rencontre de son souvenir, le mien était indifférent à tout message, impossible à atteindre. Quelle idée! Pourquoi papa ne me répondrait-il pas? Bien sûr qu'il me répondrait. Je viens tout de suite te chercher, petit enfant peureux, dirait-il, je comprends que cette maison n'est pas faite pour tes vacances, samedi prochain je prendrai le premier train, ou même, mieux encore, je vais acheter une Aprilia rouge comme celle que tu as vue devant les bains Andrea Doria, je sais qu'elle te plaît cette auto et que tu t'attends à ce que, un jour ou l'autre, j'arrive dans une auto comme celle-là; eh bien, j'achète une belle voiture et je viens tout de suite te chercher. Et si je ne peux pas venir ce samedi-ci, je viendrai samedi prochain, ou l'autre encore, de toute façon, n'aie pas peur, tôt ou tard tu me verras arriver. Cecè s'éclipsa par la porte de la cuisine et regarda autour de lui. Il semblait indécis, je ne bougeai pas, feignant de dormir. Il poursuivit une mouche qui voletait et fit quelques pirouettes sur lui-même, puis il s'arrêta désorienté et se dirigea vers l'escalier. Et s'il montait? Cette idée me donnait des sueurs froides. J'imaginai le remue-ménage que cela créerait, les cris de Clelia, peut-être une crise. Il fallait que je l'en empêche. Mais je ne pouvais pas le toucher, Clelia avait été claire, le toucher signifiait rompre le charme, et puis c'était très dangereux. Heureusement Cecè revint en arrière, fit quelques cajoleries au paillasson de l'escalier, y essaya ses griffes et se mit à tourner comme un petit fou pour attraper sa queue. Puis, en trois bonds joyeux, il atteignit la porte d'entrée et sortit dans le parc. Je le suivis, plus pour faire quelque chose que par curiosité; de toute façon, l'après-midi s'annonçait vide et inerte, et il était superflu d'écrire à papa, je savais que tôt ou tard il arriverait dans une automobile rouge, lui aussi avait compris mon désir, ah, mais pourquoi y avait-il eu la guerre? Il valait mieux ne pas y penser et profiter de la journée et du spectacle de ce chat stupide, tellement stupide mais amusant à cause de cela justement, qui bondissait derrière un papillon sans faire attention à rien d'autre et qui finit dans un buisson de roses. La chose ne lui plut guère et il arqua le dos, furieux, comme s'il était attaqué par un chien. Je grognai à voix basse, pour ne pas déranger les gens de la maison, mais ce fut suffisant pour le terroriser et lui faire dresser le poil. Stupide chat miniature qui voulait imiter un chat adulte! Tout d'un coup, il se lança sur le côté et se mit à courir vers le mur du jardin. Je compris qu'il s'enfuyait et tentai de le calmer. Cecè Cecè, viens ici minet, mais il était trop tard, il passa les entrelacs en fer forgé de la grille. Je vis arriver l'accident avec une lenteur impressionnante, comme certaines scènes au ralenti que j'avais vues au cinéma.

L'homme en Vespa arrivait tranquillement sur sa droite, Cecè, indécis, s'était arrêté au bord de la rue avant de traverser, l'homme prévit son indécision et par précaution se déplaça vers le milieu de la chaussée, le long de la ligne blanche; à ce moment-là Cecè s'élança mais, arrivé au milieu, il s'arrêta; l'homme se déplaça de nouveau vers la droite en zigzaguant, Cecè resta immobile, puis changea d'avis et retourna en arrière au moment où la Vespa n'était plus qu'à quelques mètres. L'homme fit une embardée pour ne pas le heurter, mais il le heurta quand même au flanc, Cecè fit un bond en arrière en miaulant et se faufila sous la porte en geignant et en traînant la patte, l'homme dessina une espèce d'ellipse d'un côté à l'autre de la rue – heureusement personne n'arrivait en sens inverse –, puis le guidon lui échappa des mains et se retourna, l'aileron de la Vespa racla l'asphalte dans un sillage d'étincelles et l'homme fut projeté vers moi, roulant deux ou trois fois sur lui-même jusqu'au poteau électrique. Il se releva presque immédiatement, et je me rendis compte que cela ne devait pas être très grave, même si son état faisait peur à voir, avec son pantalon en lambeaux, un genou gonflé et les mains en sang. Flora accourut la première, réveillée par le bruit de la Vespa qui s'était écrasée contre le mur, elle se précipita sur l'homme et l'emmena à l'intérieur. Ensuite accourut tante Ester; Clelia devait être derrière les volets de sa chambre et ne descendit pas, elle était sûrement terrorisée, j'imaginais déjà ce qu'elle allait me dire.

Que le danger nous menaçait toujours davantage, voilà ce qu'elle allait me dire, tout était pire qu'avant, qu'il fallait punir l'unique responsable, que c'était la seule chose à faire, et qu'il ne restait plus qu'un jour avant samedi. La valise sortie à nouveau de dessous le lit, ses mains maigres aux ongles rongés qui remettaient en place le costume blanc de ce poupon si curieux avec son nœud papillon, un petit rire : il te plaît? Il te plaît? Il ne te rappelle personne? Voilà, maintenant prenons ce fil, il faut faire des nœuds, un petit nœud par-ci, un petit nœud par-là, répète ce mot avec moi, pas comme ça, idiot, avec conviction, sinon ça ne marche pas. Et enfin cette épingle brandie comme un poignard, à la recherche de la zone du corps la plus vulnérable; les yeux, le cœur, la gorge, il fallait se décider, qu'est-ce que je conseillais? Rien, je ne voulais rien conseiller, j'aurais voulu ne rien conseiller, désormais ce n'était plus un jeu comme ceux des années précédentes, un jeu comme ça, pour passer l'été.

Le samedi soir, l'oncle Tullio nous emmena aux bains Andrea Doria. Malheureusement *le Fils de Tarzan* était fini et on donnait un film interdit aux mineurs, mais la promenade fut quand même belle, entre autres parce que Clelia avait accepté de venir avec nous. Tante Ester était rayonnante, on lisait le bonheur sur son visage. On resta tard, parce que le petit orchestre commença à jouer, tante Ester voulait un milk-shake, et Clelia et moi on s'assit entre les bacs de palmiers pour écouter *Mamma solo per te la mia canzone vola*, ramassant les capsules des petites bouteilles de limonade Recoaro qui portaient les écussons du championnat de football. Puis tante Ester et l'oncle Tullio dansèrent sur l'estrade entourée par les bacs de palmiers, et on rentra tard en se promenant sur le bord de mer; c'était une soirée superbe et l'allée bordée d'arbres était fraîche et tranquille, tante Ester et l'oncle Tullio marchaient bras dessus bras dessous, d'un bon pas, et Clelia chantonnait comme si elle était très contente. J'avais l'impression d'être revenu aux étés précédents, quand tout devait encore arriver, et j'aurais voulu courir embrasser mon oncle et ma tante, ou écrire à mon père de ne pas venir me chercher, de ne pas faire attention à mon désir de le voir arriver dans une voiture rouge, ça n'avait pas d'importance, j'étais content comme ça. Puis Clelia me tira par la manche et me dit : cela se passera demain, sois prêt.

Mais le lendemain il ne se passa rien, et ce fut une matinée splendide. On alla tous ensemble à la messe de neuf heures pour ne pas avoir trop chaud, tante Ester avait un peu de migraine, à cause des folies de la veille, dit-elle d'un air contrit, mais ses yeux brillaient de joie; Flora avait préparé le « cacciucco [1] », à notre retour une petite odeur appétissante flottait dans la maison. Cecè, dans son panier, vivait une convalescence de prince, et Flora était très excitée parce qu'on donnait au Don Bosco un film avec Yvonne Sanson, son actrice préférée. Ce fut un déjeuner comme on n'en faisait plus depuis longtemps, plein de joie et de bavardages. Puis tante Ester alla faire sa petite sieste en disant qu'on se voyait à six heures pour le goûter, l'oncle Tullio avait des choses à faire dans le garage, si je voulais aller avec lui, il me ferait démonter le distribu-

1 Type de bouillabaisse, d'origine livournaise.

teur; je jetai un coup d'œil à Clelia, sans réussir à comprendre si je pouvais y aller sans danger, j'aurais tant aimé démonter un distributeur, mais je ne voulais pas que Clelia s'inquiète, alors je dis que oui, euh, je ferais très volontiers l'aide-mécanicien, mais pas trop longtemps parce que Clelia et moi nous étions en train de lire un livre passionnant et nous voulions le finir ce jour-là et, en disant cela, je me sentis tout en sueur. Mais l'oncle Tullio ne s'en aperçut pas, il était très content de cette journée, dans le garage il mit des gants en caoutchouc pour ne pas se salir les mains et ouvrit le capot : ça, c'est la culasse, ça, c'est la dynamo, ici, le ventilateur, là, les bougies, maintenant passe-moi la trousse à outils qui est sur l'établi à droite. Tu vois, pour démonter le distributeur, il suffit d'appuyer sur ces deux ressorts, puis on enlève ces deux vis avec le tournevis, voilà, comme ça, très bien, attention à ne pas trop tirer, sinon les fils s'arrachent. C'était une belle voiture, certes pas aussi flambante que l'Aprilia de papa, mais elle n'était pas mal du tout quand même, elle faisait tranquillement du cent dix, et je restai à travailler jusqu'à quatre heures. Puis je le laissai plongé dans le moteur et je rentrai à la maison. Flora devait dormir sur la chaise longue de la véranda, le soir elle irait au cinéma et ne voulait sûrement pas courir le risque de s'endormir au plus beau moment du film, Cecè était couché sous le divan de l'entrée, sortant de temps en temps la tête. Je montai les escaliers sur la pointe des pieds et frappai légèrement à la porte de Clelia, tout se passe à la perfection, dit-elle avec un geste incompréhensible, il ne soupçonne rien, je crois, qu'cst-ce que tu en penses? Je répondis que oui, qu'il me semblait qu'il ne soupçonnait rien, mais en somme, il fallait peut-être y repenser, il était si sympathique l'oncle Tullio, notre ¹eu était en train de devenir une chose... une chose méchante, il fallait qu'elle m'excuse mais c'était ce que je pensais. Clelia me regardait et se taisait, la maison se taisait, même les bruits de la route littorale semblaient s'être tus, j'aurais tant voulu que quelqu'un donne un signe de vie, tante Ester, Flora, Cecè, mais on n'entendait rien, et j'avais presque peur de respirer. On ne pouvait plus faire marche arrière, il fallait que je comprenne, tout était fait, tout était prêt, il ne restait qu'une heure avant le moment fixé et les aiguilles tournaient inexorablement, tic tac, tic tac : la pendule de l'entrée. Et alors je dis : moi je descends. Mais au moment où je le dis, je ne savais pas combien de temps s'était écoulé, je m'étais assis sur le tapis devant la fenêtre mi-close et j'avais peut-être rêvé, ou je rêvais encore : papa fonçait sur la route du bord de mer dans sa voiture rouge et me souriait, ou plutôt il souriait au vent, mais c'était un sourire rien que pour moi, et j'étais assis là et je l'attendais, et en même temps je le voyais et je lui faisais signe du bras pour qu'il s'arrête. Puis Clelia me toucha l'épaule et dit : allons-y, et je la suivis dans l'escalier comme si j'étais ailleurs; dans la salle à manger Flora avait déjà tout préparé pour le goûter, elle l'avait fait en silence, sans se faire entendre, il y avait la théière et la carafe de jus de fruits, les biscuits et le pain grillé. Clelia s'assit et je l'imitai, Flora vint aussitôt et dit que les parents arrivaient tout de suite, on pouvait déjà commencer; l'oncle Tullio entra par la porte du parc avec son beau sourire, et Flora monta l'escalier pour appeler tante Ester, frappa à la porte du palier, puis entra et dit à voix haute : madame, le thé est servi. Je commençai à beurrer une tartine et Flora cria. Elle était sur le pas de la porte de tante Ester et tenait une main sur sa bouche comme pour s'empêcher de crier encore, mais de sa gorge sortit un autre cri étranglé et aigu, comme une plainte d'horreur et de désespoir. Clelia se leva en renversant une tasse et voulut se précipiter en haut, mais l'oncle Tullio l'en empêcha, lui aussi s'était levé et regardait Flora avec stupeur, puis il retint Clelia et la serra contre lui comme s'il voulait la protéger, et je vis qu'elle avait enlevé ses lunettes et que son œil tourbillonnait. Elle me regarda d'une façon terrible, il y avait sur son visage une expression de terreur et de dégoût, et en même temps de désespoir, comme si elle invoquait silencieusement mon aide. Mais comment pouvais-je l'aider, qu'est-ce que je pouvais faire? Écrire à mon père? Oh oui, j'aurais tant voulu, mais mon père n'était pas comme Constantin Dragazete, de là où il était il ne m'envoyait même pas la représentation de ses pieds pour venir à la rencontre de mon souvenir.

CHAMBRES

Amelia regarde le léger voile de brouillard qui au loin descend sur le toit de la maison et pense : il est tard, nous devons nous dépêcher. Le sentier est raide et sinueux, pavé de granit grossièrement taillé, avec l'humidité du soir on dirait un ruisseau pétrifié par le temps; il est bordé de buissons de romarin et de sauge, l'air est frais et l'arôme intense, des taches jaunes tapissent déjà le flanc de la colline : nous revoilà en octobre, pense Amelia, demain nous aurons peut-être le premier jour de pluie. Amelia se parle toujours au pluriel, c'est une habitude qu'elle a prise depuis des années, si elle y pensait elle ne saurait pas dire depuis quand. Elle est restée à l'orgue plus longtemps qu'il ne le fallait, et cela provoque en elle une subtile inquiétude. Mais elle n'a pas pu s'en empêcher, ça lui plaisait de répéter Pergolèse dans l'église déserte, les vêpres étaient finies, les petites vieilles étaient parties, et le curé la laisse toujours tirer derrière elle la porte latérale qui se ferme de l'extérieur; le presbytère est juste à côté et les fenêtres sont déjà allumées, la lueur de l'horizon se fond peu à peu avec l'azur de la nuit imminente. Nous l'avons très bien joué, se dit Amelia, et elle presse le pas.

Du parvis, on aperçoit à peine le toit de sa maison, et les fenêtres de l'étage; une plante grimpante, déjà à moitié dépouillée par l'automne, couvre la façade; la fenêtre de Guido est faiblement éclairée : la lumière voilée sur la table de nuit. A côté de la lampe de cuivre, sur le napperon de dentelle jaune, un Dante miniature avec une reliure dorée comme un livre de prières, le flacon de cristal gradué contenant la poudre pour les crises les plus légères, une petite boîte en ivoire avec un chapelet de nacre, une petite corne de corail. Tout en marchant, Amelia passe mentalement en revue les objets, comme peut le faire quelqu'un qui connaît la géographie minutieuse d'une chambre. L'armoire en noyer occupe le mur du fond. Sa mère y rangeait le linge de chanvre et de lin, elle aussi l'y conserve encore : des draps épais et jaunis qui ont accueilli, des générations durant, les sommeils de sa famille. Jadis l'armoire avait une grosse clef qui se remarquait au milieu du trousseau accroché au clou de la garde-robe, avec ses étiquettes à l'encre marron : *garde-manger, lingerie, débarras, armoires-chambres.* A droite de l'armoire, sous la fenêtre, il y a une petite table avec un dessus de marbre; quand Guido était encore capable de se lever, c'était là qu'il écrivait, regardant dans l'encadrement de la fenêtre la cime des arbres et le flanc de la colline. Dans le tiroir de droite, caché dans un petit échiquier pliable, il rangeait son journal qu'elle a lu ponctuellement chaque matin, des années durant, comparant son impression de la journée écoulée à la description faite par son frère. Elle pense à quel point l'écriture est mensongère, son arrogance implacable faite de mots définis, de verbes, d'adjectifs qui emprisonnent les choses, qui les matérialisent dans une fixité vitreuse, telle une libellule prise dans la pierre depuis des siècles, qui garde encore l'apparence d'une libellule, mais qui n'est plus une libellule. C'est ça l'écriture, avec sa capacité d'éloigner de plusieurs siècles le présent et le passé récent : tout en les fixant. Mais les choses sont diffuses, pense Amelia, et c'est pour cela qu'elles sont vivantes, parce qu'elles sont diffuses et sans contours et ne se laissent pas emprisonner par les mots.

Sur la petite table de Guido sont alignés les livres de sa vie; certains ont des reliures de vieux cuir, d'autres une couverture cartonnée qui ressemble à un marbre bleuté avec des veines couleur cendre : les Évangiles, une *Enéide* du XVIIIe imprimée à Paris chez les frères Michaud, l'*Aminta* du Tasse, la Vie d'Alfieri, Pétrarque, Shelley, les poésies lyriques de Goethe, l'*Adelchi* de Manzoni. Sur la page blanche, qui précède le frontispice, en haut à droite, l'ex-libris de Guido, un petit carré couleur sépia avec un phare qui lance un faisceau de lumière sur une mer sombre et, en dessous, en cursive, *guido*, avec l'initiale minuscule [1].

Dans le tiroir de gauche, retenues par des rubans de différentes couleurs, se trouvent les lettres que Guido a reçues au cours de sa vie. C'est elle qui les a classées par année, et par ordre

1. En italien, « guido » est aussi la première personne du verbe « guidare », *conduire*.

d'importance : l'Académie, l'Université, les hommes de lettres, italiens et étrangers, les éditeurs, les revues, les solliciteurs. Certaines commencent ainsi : *Cher Maître et ami*; d'autres disent simplement : *Excellence*, et ont des calligraphies pompeuses et pleines de fioritures. Au cours des derniers mois de sa maladie sont arrivées les lettres des quelques amis véritables et une lettre de l'Académie qui exprimait ses préoccupations quant à l'état de santé du Maître et lui souhaitait un prompt rétablissement. Amelia a répondu par un billet bref et courtois : « Mon frère n'est pas en état de vous répondre pour le moment. J'apprécie beaucoup votre généreuse attention. »

Sur la commode à miroir, à côté de la fenêtre, se trouvent les portraits. Ce sont presque tous des portraits de Guido et d'elle, et de leur mère enfant; ceux de maman et papa ensemble elle a voulu les garder dans sa chambre, sur sa commode. Tout en marchant, Amelia regarde ces portraits et elle pense à la façon dont le temps passe. La façon dont le temps passe. Sur le premier portrait, Guido a douze ans, il porte un veston, un pantalon de velours coupé sous le genou et fermé par trois boutons. Il a des chaussures montantes à lacets et son pied droit est appuyé sur un tronc de carton-pâte que le photographe a mis dans le studio pour créer une ambiance rustique. Sur le décor de toile, on a peint un balcon incongru qui donne sur une espèce de golfe de Naples, mais sans les pins et sans le Vésuve. Dans l'angle droit, en biais, l'auteur a calligraphié son nom : *Studio Savinelli. Photographe.*

Amelia regarde la photo suivante, et dix années

ont déjà passé. Elle est placée dans un cadre d'argent; l'humidité, qui a peut-être réagi avec le métal, a dessiné sur les bords une tache sinueuse semblable à l'ourlet laissé par les vagues sur la plage. Guido est à la gauche d'Amelia et lui présente son bras droit sur lequel elle s'appuie gracieusement, comme une épouse. Guido porte un costume sombre et une cravate large, il a ôté son chapeau et le tient par le bord. Elle porte une robe blanche, légèrement vaporeuse, serrée à la taille par un ruban. Elle a un chapeau de paille qui lui assombrit un peu le visage, la ligne d'ombre lui cache le front jusqu'aux yeux qu'on aperçoit à peine, mais le reste du visage est dans la lumière et un sourire ingénu et peut-être heureux découvre ses dents blanches. C'est l'été. Derrière eux, la tonnelle de vigne dessine des mares d'ombre dans la cour. Sur la table en fer forgé, il y a une cruche que quelqu'un a garnie de fleurs. On dirait vraiment deux jeunes mariés après la cérémonie. C'est le jour du diplôme de Guido, il y a eu un repas sous la tonnelle, Amelia s'en souvient parfaitement : maman et papa ne sont pas encore morts, papa a trop mangé et trop bu, maintenant il est assis à l'ombre de la maison, le visage luisant et le gilet déboutonné, sous sa chemise on voit se lever et s'abaisser son gros ventre au rythme de sa respiration. Papa, pense Amelia avec une nostalgie poignante. Pour maman, non, elle n'a pas cette nostalgie, elle y pense presque sans douleur, peut-être une légère peine estompée par le souvenir lointain. C'était une femme silencieuse et pâle, menue, elle passait dans les chambres sur la pointe des pieds, elle a traversé la vie sur la pointe des pieds. Elle est morte très tôt, avant qu'Amelia ne comprenne ce qu'est la vraie douleur, laissant une trace presque imperceptible : le souvenir de ses jupes bruissantes et de ses mains blanches, la façon de brosser ses longs cheveux qu'elle nouait ensuite en une longue tresse enroulée sur sa nuque. Papa, en revanche, avait une grosse voix et son pas résonnait dans les pièces, sa présence remplissait la maison. Et son étreinte vigoureuse la rassurait, lui donnait une étrange chaleur qui la faisait rougir.

Amelia sait qu'elle hait cette photo. Elle a appris à la haïr après, bien des années plus tard, quand cela n'avait plus aucun sens. Elle le sait et elle préfère ne pas en connaître le véritable motif. Elle préfère penser qu'elle déteste seulement les détails insignifiants de ce moment lointain, capturés par l'objectif : son sourire, si enfantin et presque stupide, l'épaule droite de Guido légèrement inclinée qui dénote peut-être un certain embarras : des choses comme ça, insignifiantes. Et puis il y a deux autres photos à côté de celle-là, mais ces photos-là elle ne les déteste pas, elles font partie de sa vraie vie, quand les choix étaient déjà faits. Les choix.

Quels choix? pense Amelia en marchant, écartant de sa canne une ronce qui a envahi le sentier. Elle se sert d'une canne depuis peu, non pas qu'elle se sente vieille, elle marche très bien et n'a pas besoin de s'appuyer, mais elle aime sortir le dimanche après-midi avec cette canne qui appartenait à son père; c'est une canne de bambou élégante et souple, avec un pommeau d'argent qui a la forme d'une tête de chien. Quels choix?

Sur la troisième photographie, Guido a une expression solennelle comme le veut la circonstance : il porte la toge, d'une main il tient un parchemin roulé et de l'autre il s'appuie au rebord d'une fontaine sans eau, dans le cloître de l'Université. La dernière photo est un repas officiel, le héros est Guido, assis à la place d'honneur. Elle a été prise à la fin du déjeuner, quand la boisson a dissipé sur les visages le caractère officiel de l'événement, les rendant disponibles et inoffensifs. Il y a les hommes de lettres et les artistes, le maigrichon au bout de la table est un musicien célèbre qu'elle a toujours trouvé aussi insipide que ses compositions. Elle est assise à la droite de son frère, on lit dans ses yeux la satisfaction et la joie, mais ses lèvres se sont amincies depuis la photo de ses dix-huit ans : elles ont perdu générosité et disponibilité, ce sont des lèvres avares, circonspectes, elles surveillent les mots, les pensées, la vie.

Comme le temps est étrange.

Monsieur Guido a eu une crise, lui dit Cesarina à voix basse, la douleur devait être insupportable car il se mordait les mains pour ne pas crier, puis il s'est mis à gémir doucement comme un animal; maintenant il s'est peut-être assoupi, il n'en peut plus.

Cesarina est une femme mariée aux joues rubicondes, à la poitrine énorme, respirant la santé; elle amène avec elle son dernier-né et le fait dormir dans un panier de paille sur la huche, c'est un gros bébé pacifique qui se réveille seulement pour réclamer à manger et qu'elle allaite assise sur l'escabeau de la cuisine. Elle a pris la place de sa mère dans la maison, sa mère s'appelait Fanny, elle a servi la famille durant toute sa vie, elle avait le même âge qu'Amelia et, enfants, elles jouaient ensemble; si Amelia s'était mariée, elle aurait une fille du même âge, elle y pense parfois, et deux ou trois petits-enfants.

Elle lui répond que maintenant elle s'en occupera elle-même, merci, ces derniers temps c'est toujours comme ça; elle peut rentrer chez elle, il est tard et le chemin du village est sombre et plein de trous. Elle répond à la bonne nuit et prend la carafe d'eau; la soupe est prête, dit encore Cesarina, j'ai fait un consommé léger. En montant l'escalier, elle entend la grille qui s'ouvre et se referme; maintenant, dans la maison, il n'y a plus que le bruit léger de ses pas, de la chambre de Guido filtre une fente de lumière, en passant elle entend son souffle rythmé et lugubre : il dort. Elle ouvre avec précaution la porte à côté, celle de sa chambre, et la referme avec la même précaution, à peine un grincement de vieux bois; elle enlève son manteau dans le noir et le suspend au portemanteau à côté de la porte; sur la commode, une petite lampe éternelle brûle devant la photo de papa et maman : ce sont deux visages anciens, dans un ovale estompé, qui sourient au néant. Dans la semi-obscurité, elle cherche sa robe de chambre et ouvre la fenêtre. L'air est piquant et la lune qui monte derrière la colline diffuse dans le ciel un halo effrangé par les arbres. Amelia s'étend sur son lit et regarde dehors, la nuit. Ce lit appartenait à ses parents, c'est là que deux personnes, tant d'années auparavant, l'ont conçue. La cloison contre laquelle il est appuyé la sépare du lit de Guido. Ainsi, séparés par une cloison, pendant si longtemps. Amelia pense à cela et pense de nouveau au temps. Elle a presque l'impression de l'entendre s'écouler, maintenant que la campagne dort et que le silence est grand : c'est un bourdonnement, le bruit d'un fleuve souterrain. Elle pense à toutes les nuits où elle a dormi dans ce lit en songeant à la personne qui dormait de l'autre côté du mur. Et elle pense à la haine. La haine aussi est une chose diffuse, elle ne se laisse pas emprisonner par les mots, elle a de multiples formes de vie, nuances, franges, clairs-obscurs imperceptibles, flux, mouvements. Elle fait en sorte qu'on en arrive à désirer la mort de quelqu'un. Elle-même a éprouvé ce désir pendant si longtemps, secrètement. Mais elle ne pourrait pas dire quand cela a commencé : la haine a une étrange concrétion, quand elle est définie et formulable, elle est déjà en nous, elle préexistait en silence, cachée dans un repli de l'âme. Et d'ailleurs ce n'était peut-être pas de la haine. Amelia pense à cette expression : les replis de l'âme. Et elle pense à sa vérité, car l'âme a de nombreux replis.

Un gémissement aigu lui parvient, presque un sifflement. C'est ainsi que Guido se réveille quand commencent les douleurs. Puis la plainte se fait déchirante, un gémissement, et parfois un cri unique, immense et terrifiant dans la nuit. Elle se lève et allume la lampe. Sur le drap de lin étalé sur la coiffeuse, la petite boîte métallique avec la seringue bouillie, l'alcool, le coton et les ampoules est déjà prête. Maintenant Guido est éveillé, il griffe le mur d'un doigt, un va-et-vient, son ongle a creusé un profond sillon dans le mur au-dessus du lit. Amelia prend la petite lime en fer et frotte rapidement l'ampoule, extrait la seringue de l'étui, fait jaillir l'eau restée dans l'aiguille, aspire le liquide de l'ampoule, tourne la seringue vers le haut et actionne habilement le piston pour expulser les dernières bulles d'air, imbibe d'alcool un tampon d'ouate et le tord. Je viens tout de suite, Guido, répond-elle. Elle pense à ce que signifie la pitié et elle sait que ses mains sont en train de l'administrer. Elle sent un vide dans sa poitrine, comme un tunnel glacial. Mais les mains qui tiennent la seringue sont fermes : sans un frisson, sans un tremblement.

ANY WHERE OUT OF THE WORLD

Le cours des choses. Ce qui les détermine. Un rien. Parfois tout peut commencer par un rien, une phrase perdue dans ce monde plein de phrases et d'objets et de visages, dans une grande ville comme celle-ci, avec ses places, et le métro, et les gens qui marchent rapidement en sortant du travail, les trams, les voitures, les jardins, et puis le fleuve calme sur lequel, au coucher du soleil, les bateaux glissent vers l'embouchure, là où la ville se perd dans un faubourg bas et blanc, mal construit, avec de grands espaces vides entre les maisons comme de sombres orbites et une végétation clairsemée, et des petits cafés sales, bistrots où l'on peut manger debout en regardant les lumières de la côte ou bien assis aux petites tables en fer rouge, un peu rouillées, qui font du bruit sur le trottoir, et des garçons au visage fatigué, la veste blanche pleine de taches. Parfois je rôde dans ces quartiers, le soir, je prends un tram très lent qui descend toute l'Avenida et les petites rues de la ville basse, puis longe le fleuve et semble engager une course entre vieux asthmatiques avec les remorqueurs qui glissent à côté de lui, derrière le parapet, tellement proches qu'on pourrait les toucher de la main. Il y a de vieilles cabines téléphoniques encore en bois, parfois il y a quelqu'un à l'intérieur, une vieille dont l'aspect trahit une aisance perdue, un employé des chemins de fer, un marin, et je pense : avec qui parle-t-il? Puis le tram tourne autour de la place du Musée de la Marine, une petite place avec trois palmiers centenaires et des bancs de pierre, parfois des enfants pauvres jouent à des jeux d'enfants pauvres, comme dans mon enfance, sautant à la corde ou sur un dessin tracé à la craie par terre. Je descends et me mets à marcher, les mains dans les poches, mon cœur bat, je ne sais pas pourquoi, peut-être est-ce l'effet d'une musique boiteuse qui sort de ce café, sans doute d'un vieux gramophone, c'est toujours une valse en fa ou un fado à l'accordéon, je pense : je suis ici et personne ne me connaît, je suis un visage anonyme parmi cette multitude de visages anonymes, je suis ici comme je pourrais être ailleurs, c'est la même chose, et cela me donne une grande peine et le sens d'une liberté belle et superflue, comme un amour refusé. Et puis je pense aussi : personne ne le sait, personne ne soupçonne rien, personne ne pourrait m'accuser, je suis ici, je suis libre, je peux même imaginer qu'il n'est rien arrivé si je veux. Je me regarde dans une vitrine. Est-ce que par hasard j'aurais l'air coupable? J'ajuste mon nœud de cravate, me donne un coup de peigne. J'ai un aspect convenable, peut-être légèrement fatigué, peut-être légèrement triste; pour les autres j'ai l'air d'une personne qui a vécu sa vie, mais rien de spécial, une vie banale avec de bonnes et de mauvaises choses, et tout ça laisse des traces, comme sur tous les visages. Mais pour le reste, on ne voit rien. Et cela aussi me donne le sentiment d'une liberté belle et superflue, comme lorsque, pendant longtemps, on pense faire une certaine chose et qu'à la fin on y arrive. Et alors que faire? Rien, ne fais rien. Assieds-toi dans ce café, à la petite table, allonge tes jambes, apportez-moi un jus d'orange et des amandes, merci, ouvre le journal, tu l'as acheté par pure apathie, les nouvelles ne t'intéressent pas, le Sporting a fait match nul contre le Real Madrid à la coupe des champions, le prix des crustacés augmente, la crise du gouvernement semble être écartée, le maire a approuvé le plan d'urbanisme qui prévoit une zone piétonnière dans le centre historique, on mettra des pots de fleurs entre telle et telle rue et cette partie de la ville deviendra une oasis pour les promenades et le shopping, dans le nord du pays un bus est entré dans un magasin à l'angle d'une rue parce que le chauffeur a eu un malaise et est mort sur le coup, pas à cause du choc mais d'un infarctus, on ne dénombre pas d'autres victimes, seulement des dégâts considérables au magasin qui a été complètement détruit, c'était un magasin de bonbonnières et autres articles pour mariages et communions. Tu parcours distraitement les offres d'emplois, sans intérêt particulier, parce que l'Institut linguistique paie bien, et puis il y a l'avantage de l'horaire, seulement cinq heures par jour, à deux pas de chez toi, et tu es libre tout le reste du temps, tu peux te promener, tu peux lire, tu peux écrire, ce que tu as toujours aimé, ou bien aller au cinéma : les films des années cinquante, ta passion; tu pourrais aussi donner des leçons particulières, certains collègues le font, bien sûr il faut supporter des enfants paresseux de bonne famille, mais ça rapporte bien. De toute façon, regardons toujours, on ne sait jamais : des fois que. Industrie secteur alimentaire cherche représentant excellente connaissance français anglais, zone centre, réponse boîte postale 199. Maison pharmaceutique suisse ouvre succursale en ville, parfaite connaissance de l'allemand, de préférence licencié en chimie. Agence import-export Europe-Amérique latine, connaissance anglais espagnol requise, de préférence expérience comptabilité. Entreprise de navigation, ligne Bangkok-Hong Kong-Macao, surveillance et consigne marchandises, disponibilité déplacements fréquents. Le cinéma. Pourquoi pas, demain c'est ton jour de congé, tu peux te permettre de rentrer tard. Même la séance de minuit. D'abord un casse-croûte sur l'estuaire, au port de Santa Maria, des crevettes à l'aigre-doux et du riz à la cantonaise, il y a un festival John Ford, un régal, tu peux revoir *The Horse Soldiers*, un peu ennuyeux, *Rio Grande, A Yellow Ribbon.* Comme autre solution il y a la rétrospective française, scènes très lentes et intellectuels à l'écharpe, et puis les complications de Duras, non vraiment. Quelque part on passe aussi *Casablanca*, cinéma Alpha, jamais entendu parler, cela doit être au bout du monde, adresse inconnue. Mais qu'aura fait Ingrid Bergman en arrivant à Lisbonne, alors que sur l'écran apparaît The End? Il faudrait continuer l'histoire, a écrit le journaliste, je le connais, c'est un homme de mon âge, moustaches noires et regard vif, il écrit aussi d'excellentes nouvelles. Mais tu es fatigué, peut-être. Ce doit être l'atmosphère qui s'est chargée d'humidité. Parfois l'Atlantique apporte un brouillard dense, pénétrant, qui te bouche les pores, et tu sens tes jambes comme deux morceaux de bois. Un autre jus d'orange, s'il vous plaît, et encore des amandes. Aux Galeries Capitol, ils lancent une réédition de Duke Jordan, un enregistrement de soixante-quatre, tu t'en souviens parfaitement, *Sultry Eve* et *Kiss of Spain*, Paris, Mil neuf cent soixante-quatre, sandwiches et froid de canard, elle n'était pas près d'arriver, elle était encore dans les brumes du futur. Et maintenant les annonces personnelles : ce sont les plus intéressantes, l'humanité se dénude en se cachant honteusement derrière des euphémismes. Ah, le voile des mots, quelle tristesse. Veuve, sérieuse, cherche amitié durable. Trois annonces particulières avec des sigles indéchiffrables en majuscules. Un retraité qui se meurt de solitude. L'habituelle agence pour rencontres réussies : pourquoi ne vous êtes-vous pas encore adressés à nous pour trouver l'âme sœur? Et puis, tout à coup, ton cœur bat la chamade, tum tum tum, tu le sens dans ta gorge, il te semble que même les clients des autres tables peuvent l'entendre, le monde perd ses contours, tout entre dans une sourde opacité, tout s'éteint, lumières, bruits, murmures, comme si un silence artificiel et immense avait paralysé l'univers. Tu regardes mieux la phrase, tu la relis, tu sens un drôle de goût dans ta bouche, ce n'est pas possible, penses-tu, c'est une horrible coïncidence; ensuite tu évalues le mot « horrible » et tu penses : c'est seulement une coïncidence, c'est seulement un hasard, un petit hasard parmi les milliards de hasards qui existent en ce monde, une chose qui est en train d'arriver. Mais pourquoi faut-il que ça t'arrive à toi? Tu te le demandes; et pourquoi ici, à cette table, dans cet endroit, dans ce journal. Ce n'est pas possible, penses-tu, c'est une phrase déplacée, de vieux plombs restés à la typographie, ensevelis sous d'autres tablettes de plomb, qu'un typographe distrait a sortis par erreur et imprimés parmi les annonces, tu arrives à penser à cette hypothèse et même à d'autres encore plus absurdes : ils m'ont donné un vieux journal, j'ai acheté par erreur un journal d'il y a quatre ans, le bonhomme du kiosque avait ce journal sous le comptoir, oublié là depuis quatre ans, il a vu que j'étais une personne distraite et ça lui a donné l'idée de me vendre un vieux journal, c'est une petite escroquerie stupide, ne t'énerve pas. Cette gêne légèrement embarrassante pour replier le journal afin de vérifier la date sur la première page, tu l'attribues à la brise marine qui froisse les feuilles et t'empêche de bien le plier, tu n'es pas nerveux, tu es parfaitement calme, sois calme. C'est le journal d'aujourd'hui, de cet aujourd'hui que tu vis, et de cette année du calendrier grégorien : c'est le journal d'aujourd'hui que tu lis aujourd'hui. *Any where out of the world.* Tu relis la phrase pour la dixième fois, ce n'est pas une annonce normale, c'est une phrase clandestine publiée moyennant paiement dans un journal du soir, elle n'indique ni boîte postale, ni adresse, ni nom, ni entreprise, ni école, rien. Juste ceci : *Any where out of the world.* Mais tu n'as pas besoin d'en savoir davantage, parce que la phrase traîne derrière elle, comme un fleuve en pleine crue les détritus, des débris de mots que ta mémoire remet clairement dans l'ordre, avec un calme qui te glace : « Cette vie est un hôpital où chaque malade est possédé du désir de changer de lit. Celui-ci voudrait souffrir en face du poêle, et celui-là croit qu'il guérirait à côté de la fenêtre *. » Votre jus de fruit, Monsieur, il n'y a plus d'amandes, je suis désolé, désirez-vous des pignons? Tu fais un geste de la main qui veut aussi bien dire oui que non, du moment qu'il ne t'interrompt pas, parce que maintenant tu regardes la côte, les lumières sont de nouveau allumées pour tes yeux et pour ton souvenir, les mots reviennent, eux aussi s'allument dans ta mémoire, tu crois presque les voir briller, ce sont de petits phares dans la nuit, ils marquent l'éloignement et pourtant tu pourrais les attraper, ils entrent dans l'espace d'une main : « Il me semble que je serais toujours bien là où je ne suis pas, et cette question de déménagement en est une que je discute sans cesse avec mon âme *. » Tu as ton verre à la main et tu bois à petites gorgées. Tu ressembles à un client tranquille et un peu songeur qui regarde l'eau et la nuit, comme les clients des autres tables, tu as plié le journal et tu l'as déposé soigneusement sur la table, avec cette attention exagérée et méticuleuse que peuvent avoir certains retraités qui se sont fait prêter le journal par le coiffeur et doivent le lui rendre, tu le regardes avec une indifférence distraite, ce n'est qu'un journal, le journal d'aujourd'hui, il donne des nouvelles déjà vieilles, parce que la journée est finie et que quelqu'un, quelque part, est déjà en train de faire d'autres journaux, avec des nouvelles qui détrôneront d'ici quelques heures ces nouvelles coagulées en mots; mais pour toi, il donne une nouvelle trop vieille et trop neuve, d'une nouveauté qui t'inquiète, qui, si tu te laissais un peu aller, te troublerait, mais tu ne te laisses pas trou-

* En français dans le texte.

bler, tu ne dois pas te laisser troubler, sois calme. Alors seulement tu remarques la date : 22 septembre. Tu penses encore : c'est une coïncidence. Mais une coïncidence avec quoi? C'est une coïncidence impossible, parce que c'est une seconde coïncidence, la phrase et la date, même phrase, même date. Et alors, le rythme de ces phrases se réveille, irrépressible, comme s'il possédait une voix propre à l'intérieur de ta mémoire, une sorte de rengaine enfantine, agaçante, dont tu croyais t'être débarrassé simplement parce qu'elle avait été engloutie par le passé, mais qui n'avait pas disparu, qui se trouvait seulement dans un coin, profondément enfouie en toi. Voilà qu'arrive son phrasé, il coule en toi goutte à goutte, tic tic tic, il heurte une paroi rocheuse, gronde, cherche une ouverture, et puis jaillit comme une source, fait irruption et t'inonde, c'est un liquide tiède qui te fait cependant frissonner, un jet irrésistible qui t'emporte avec lui dans ses gouffres, ça ne sert à rien de résister, il est fort, vertigineux, irrépressible, il remonte des tunnels souterrains, coule violemment, t'emporte. « Dis-moi mon âme, pauvre âme refroidie, que penserais-tu d'habiter Lisbonne? Il doit y faire chaud et tu t'y ragaillardirais comme un lézard. Cette ville est au bord de l'eau; on dit qu'elle est bâtie en marbre... Voilà un paysage selon ton goût; un paysage fait avec la lumière et le minéral, et le liquide pour les réfléchir *! » Et alors tu te mets à marcher dans cette ville de marbre, tu te promènes lentement le long des bâtiments néo-classiques, des arcades qui ont vu le trafic colonial, voiliers, tohu-bohu et aubes

* En français dans le texte.

brumeuses de départ, tes pas résonnent solitaires, il y a un vieux clochard appuyé contre une colonne, au-delà des arcades s'ouvre la place qui aboutit au fleuve, l'eau jaunâtre vient la lécher, de l'appontement partent les bateaux illuminés qui desservent l'autre rive, sous peu la hâte des derniers passagers sera engloutie par l'heure du soir et il ne restera plus que la nuit silencieuse avec de vagues passants attardés, noctambules distraits, âmes inquiètes qui promènent leur corps sans sommeil, conversant avec elles-mêmes. Toi aussi, tu parles tout seul, d'abord intérieurement, en silence, et puis clairement, articulant les mots de façon distincte, comme si tu les dictais, comme si l'eau du fleuve pouvait les enregistrer et les garder dans les archives aquatiques afin que les profondeurs les conservent jalousement parmi les cailloux, le sable et les détritus, et tu dis : la faute. C'est un mot que tu n'as jamais prononcé, peut-être parce que tu n'en avais pas le courage, et pourtant c'est un mot simple, univoque, il résonne clairement dans l'obscurité et semble entrer tout entier dans ce halo de souffle qui se condense un instant dans l'air humide, et qui s'évanouit. Tu arrives sur la place déserte, le monument est impressionnant et le cavalier, là, en haut, éperonne son cheval contre la nuit. La faute. Tu t'assieds sur le socle du monument, tu allumes une cigarette, le journal est plié dans ta poche, le simple fait de le sentir provoque en toi un léger malaise, comme une aiguille derrière la nuque, un insecte. Ce n'est pas possible, personne ne sait que je suis ici, je me suis perdu parmi les millions de visages du monde, ce message ne peut pas être pour moi, c'est seulement une phrase que tant de gens connaissent, un autre lecteur de Baudelaire qui communique de cette façon secrète un secret à quelqu'un d'autre. Et pendant un moment tu poursuis cette étrange idée d'une répétition, d'un double de la vie, comme s'il était possible que la roue du destin possède des stéréotypes et les imprime au hasard dans le monde, dans l'existence d'autres personnes aux yeux différents et aux mains différentes et aux modes différents d'être quelqu'un, dans des rues différentes, dans des chambres différentes. Un autre homme qui est en train de dire à une autre femme dans une autre chambre : « Une chambre qui ressemble à une rêverie *. » Et ainsi ton imagination crée la fenêtre éclairée d'une chambre qui ressemble à une rêverie, tu peux t'approcher des carreaux embués et épier à travers les rideaux de dentelle, c'est une chambre aux meubles anciens avec un papier à tulipes fanées aux murs, il y a un homme et une femme sur le lit, ils se sont aimés, c'est évident d'après la position de leurs corps et le désordre des draps, il lui caresse les cheveux et lui dit : « Laisse-moi respirer longtemps l'odeur de tes cheveux *. » A ce moment-là une pendule sonne, il est tard, dit-elle, je dois m'en aller. Mais tu lui dis : les Chinois voient l'heure dans l'œil des chats, ce n'est pas encore l'heure, Isabelle, tout doit encore arriver, je dois encore te pousser à la trahison, mais ce ne sera pas de ma faute, crois-moi, ce sont les choses qui veulent ça, qui sait ce qui les détermine, et toi, tu dois encore te laisser pousser à la trahison, mais ce ne sera pas non plus

* En français dans le texte.

de ta faute, et puis à ma façon, je devrai te faire mourir, ce sera presque comme si je t'avais tuée moi-même, mais cela non plus ne sera pas de ma faute, ce sera ton remords, et de toute façon il ne saura jamais rien de ma trahison. Un jour, une annonce dans le journal suffira, une petite phrase secrète que nous sommes seuls à connaître, *any where out of the world*, ce sera le signal, et tout aura lieu. Cependant tout a déjà eu lieu, mais l'homme qui est dans cette chambre ne le sait pas, et il dit : c'est vrai, il est tard, vas-y, et moi je sortirai après. Tu sors et te retrouves sur la place, une putain arrête sa voiture et te fait un petit appel de phares, tu fais signe que non de la tête et tu penses encore : ce n'est pas possible, ce n'est qu'une coïncidence du destin. Mais quelque chose te dit que ce n'en est pas une, le froid te pénètre jusqu'à la moelle et ce froid que tu sens en toi est une espèce de certitude, l'horloge de la cathédrale sonne la même heure qu'une pendule il y a quatre ans, c'est une histoire qui se répète, penses-tu de nouveau, je pourrais peut-être manger quelque chose, j'ai seulement froid et faim. Un tram passe, mais tu n'as pas envie d'y monter. Tu préfères grimper à pied cette pente raide qui va du fleuve au château, il y a des touristes étrangers qui circulent en riant, un autobus du Cityrama, un petit restaurant indien où tu vas souvent manger un *balchão* de poulet, le propriétaire est un bavard, originaire de Goa, il boit peut-être un peu trop, il prépare une sauce délicieuse avec le riz et a parfois du vin aromatisé. Il y a deux joyeux couples d'Américains qui mangent près de la fenêtre; au-dessus des tables pendent des abat-jour d'étoffe à carreaux blancs et rouges qui diffusent une atmosphère familiale et en même temps intime, le carrelage est un peu sale, sous les tables traînent quelques serviettes en papier qu'on n'a pas ramassées. Ce soir, monsieur Colva est moins bavard que d'habitude, il a l'air fatigué, il doit avoir eu trop de clients. Le *balchão* est peut-être un peu trop piquant, te dit-il, je vous apporterai de la bière glacée. Il est toujours prévenant, jamais servile. Puis il prend l'air de celui qui s'est tout à coup souvenu de quelque chose et se donne une petite tape sur le front, une façon de s'excuser et en même temps de manifester sa distraction, il va vers le comptoir à petits pas et revient en souriant. Votre journal, dit-il en te le tendant. Tu te sens pâlir, et en même temps tu sues, d'une sueur froide, ta main touche ta veste, le journal est dans ta poche, plié en quatre, tu l'y as mis tout à l'heure, tu le sens qui fait une bosse. Tu regardes le journal que monsieur Colva te tend, mais sans le prendre, lui ne lit probablement que la surprise sur ton visage, pas la terreur que tu sens maintenant comme une file de fourmis qui montent de la cheville vers l'aine. On l'a sûrement apporté pour vous, te dit-il, vous êtes le seul à lire ce journal dans mon restaurant. Ah oui, réussis-tu à répondre avec un calme qui t'épouvante, qui? Je ne sais pas, Monsieur, mon fils l'a trouvé ce matin sous la porte, il était fermé par une bande naturellement, mais cet impoli l'a ouvert pour voir les résultats de football, vous savez que le Sporting a fait match nul contre le Real Madrid? Tu admets que c'est effectivement un bon résultat, dommage que la télévision n'ait pas retransmis le match, il paraît que le Sporting méritait vraiment de gagner, que c'est la faute de cette barre transversale et de l'arbitrage, c'est clair, l'arbitrage dans ces cas-là est fondamental, même si le Real a un terrain impeccable et des supporters qui se tiennent bien, mais est-ce qu'il est vraiment certain qu'il y avait ton nom sur cette bande? Il regarde autour de lui d'un air confus, il faut l'excuser, ah! cette jeunesse grossière, de son temps ce n'était pas comme ça, c'était le fouet. Il prend un air grave, gagne l'arrière-cuisine de son petit pas rapide, avant la cuisine il y a un escalier qui mène à son appartement, mais de toute façon tu le sais déjà, qu'aucun nom n'était écrit sur la bande, tu n'auras aucune confirmation, pour la simple raison qu'une chose comme celle-là ne peut pas avoir de confirmation, car elle n'a pas d'explication, c'est la vérité. Et alors tu penses à ce que signifie *vraiment* exiger l'explication d'une chose comme celle-là. Ou l'explication de tout ce qui s'est passé : tout, absolument tout, venons-en vraiment aux explications : elle, lui, toi, et cette guirlande de subterfuges, de renvois, de complications qui constituent cette histoire. Et tu te mets à attribuer les responsabilités morales, ce qui est la pire des choses parce que ça ne mène nulle part, tu le sais depuis longtemps, la vie, ça ne s'évalue pas avec une mesure éthique : ça arrive. Mais lui, il ne le méritait pas. Bien sûr. Et elle aussi savait qu'il ne le méritait pas. Ça aussi c'est sûr. Et tu savais qu'elle savait qu'il ne le méritait pas, mais tu t'en fichais. Oui, pourquoi tu n'aurais pas eu le droit, toi, de rester avec elle, tu l'avais connue après, bien après, c'est vrai aussi, quand les jeux étaient déjà faits. Mais quels jeux? Dans la vie il n'y a pas de délai, il n'y a pas de croupier qui lève la main en annonçant que les jeux sont faits, tout passe et rien n'est immobile, pourquoi s'éviter si l'on s'est trouvés, si le vrai jeu en a voulu ainsi. Les mêmes goûts : des maisons blanches avec de maigres palmiers ou une végétation clairsemée et essentielle, agaves, tamaris; un rocher; les mêmes passions : Chopin ou des musiques pauvres, de vieilles rumbas, *Tengo el corazón maluco;* le même esprit : le spleen de Paris. Sortons d'ici, de ce spleen, cherchons une ville blanche faite de marbre à fleur d'eau, cherchons-la ensemble, une ville comme celle-là ou une autre semblable, n'importe où, quelque part, hors du monde. Je ne peux pas. Tu peux, il suffit de le vouloir. Je t'en prie, ne m'oblige pas. Je t'enverrai un message, moi je pars, je suis déjà parti, je n'en peux plus, si tu veux tu me rejoindras, achète ce journal, ce sera le signal, il te dira où me trouver, abandonne tout, personne ne le saura. Personne ne peut le savoir, voilà ce que tu penses pendant que monsieur Colva t'adresse un petit signe de regret de la porte de l'arrière-boutique, ça ne fait rien, monsieur Colva, vous le saviez seulement elle et toi, et l'âme de Baudelaire, que le diable l'emporte. Avec lui aussi tu as joué, et avec certaines choses on ne peut pas jouer, on ne peut pas taquiner le mystère qui les a dictées. Mais personne d'autre ne le savait. Ça, tu en es sûr. Pas lui, de toute façon; et même s'il avait su, désormais... Parce que tout est « désormais », c'est ça qui fait trembler tes mains pendant que tu règles l'addition, la chose n'a pas de sens. Et pourtant elle a un sens, ça aussi tu le sais; ou mieux, tu le sens. Et tu veux le prouver. Tu vas au téléphone à côté du lavabo, tu introduis une pièce, tu composes ce numéro mort. Ça aussi c'est un numéro « désormais », la régie des téléphones ne l'a plus attribué, il ne correspond à rien, ce sont des chiffres qui lancent un signal sonore vers personne, tu le sais trop bien depuis quatre ans. Tu composes le numéro lentement, tu entends sonner une fois, deux fois, trois fois, puis le récepteur fait clic, mais aucune voix ne répond, tu sens seulement une présence, pas même une respiration, parce que cette présence ne respire pas, à l'autre bout du fil il y a une présence qui écoute la présence de ton silence. Et alors tu raccroches, tu sors dans la rue, tu ne penses même pas rentrer chez toi, tu sais très bien que le téléphone sonnerait, tu le laisserais sonner une fois, deux fois, trois fois, puis tu prendrais le récepteur et tu le porterais à ton oreille, et à l'autre bout, rien, seulement la densité distincte d'une présence qui, en silence, écoute le silence de ta présence. Tu arrives de nouveau au fleuve, maintenant les embarcadères sont déserts, les bateaux ont cessé leur service, il n'y a plus personne. Tu t'assieds sur le parapet le long du fleuve, l'eau est limoneuse et inquiète, c'est peut-être la marée haute et le fleuve se jette dans la mer avec difficulté, tu sais qu'il est tard, mais pas dans le sens de l'horloge, autour de toi l'heure est vaste, solennelle, grande comme l'espace : une heure immobile qui n'est pas indiquée sur le cadran, et pourtant légère comme un soupir, rapide comme un coup d'œil.

LA RANCŒUR ET LES NUAGES

« Les autres te font du bien et tu les remercies par de la rancœur, pourquoi? »

Il était en train de lire la fin du poème qu'il devait expliquer, et il se rappela cette phrase d'un après-midi lointain, son premier costume élégant, veston et pantalon, une gabardine marron avec des rayures jaunes, un vêtement épouvantable, il s'en était rendu compte plus tard, quand il avait compris comment il faut s'habiller, mais à l'époque il l'avait trouvé parfait. Ou mieux, important. Exagéré pour le bureau, mais indispensable pour la thèse. Il s'était regardé dans la vitrine, c'était un magasin, viale Libia, de vêtements bon marché mais très bien coupés; il se sentait bien dans ce nouveau costume, même s'il lui donnait un air un peu arrogant, ça ne faisait rien, avec les gens il ne fallait pas se montrer trop familier, sans quoi on était fichu. Rancœur. Appelons cela plutôt cours des choses, ou rythme vital, pensa-t-il, une façon comme une autre de ne pas se laisser dévorer dans ce monde de loups. Mais à Cecilia il n'avait pas répondu, il n'y avait rien à répondre, elle n'aurait pas compris, et les loups l'avaient déjà mangée. Les loups, c'est-à-dire la vie; il suffisait de la regarder. Elle était vieille et pourtant elle n'avait que trente ans. La raie au milieu, quelques fils blancs dans les cheveux, et cet aspect déprimant de femme résignée, et son éternelle fatigue. Que pouvait-il y faire? Oui, quelques années plus tôt il l'avait aimée et maintenant il ne l'aimait plus. Mais plus que de l'amour, cela avait été de la solidarité, leur mariage s'était fondé sur la solidarité, mais ce n'était pas sa faute si elle était comme ça maintenant : un visage triste et négligé et le corps d'une femme fatiguée. Ce qui était une manière inconsciente, mais à sa façon perfide, de lui faire voir les sacrifices qu'elle avait faits pour lui. C'était une plainte, une sorte de reproche, une remontrance vile. En réalité c'était seulement une manière perverse de montrer sa frustration. Mais quelle responsabilité avait-il, lui, dans l'échec d'une femme vouée à l'échec? Il avait tout fait pour l'aider. L'après-guerre avait été dur pour tous les deux, ils s'étaient retrouvés avec leur baccalauréat dans l'horrible banlieue de cette grande ville, les parents morts, personne sur qui s'appuyer, l'envie de créer un foyer, au moins pour se tenir compagnie. Que faire? La poste avait été une solution. Mais si cela permettait de survivre, ce n'était pas la richesse, c'était la médiocrité. La médiocrité avec, en hiver, le poêle à bois qui fumait et les flaques devant la porte, et en été la chaleur accablante et les moustiques; et toujours les visages blafards de cette collègue qui prenait un air de veuve sans être veuve, et l'autre collègue qui ne parlait que de parties de football sans jamais dépenser un franc pour y aller. Il lui avait dit :

« Cecilia, améliorons notre condition, inscrivons-nous à la Fac, essayons de faire carrière quelque part. » Mais elle était toujours fatiguée. Et fatiguée de quoi, après tout? Il n'était peut-être pas fatigué, lui, n'avaient-ils pas les mêmes horaires? Ce n'étaient quand même pas ces quelques tâches ménagères qui la fatiguaient, un lit à refaire et deux assiettes sales; si au moins la maison avait été reluisante, il aurait pu comprendre. Mais ces trois pièces mal rangées, avec ses pantoufles à elle qui sortaient toujours de dessous le lit, n'avaient vraiment pas l'air d'un appartement de jeunes mariés, c'était un hospice de jeunes vieillards, il n'avait même jamais eu le courage d'y inviter sa sœur. Et puis Gianna était née, mais là aussi qu'y pouvait-il, lui? C'était elle qui l'avait voulue. « Ce n'est pas le moment », lui avait-il dit, « remettons la chose, programmons-la bien, un enfant est un sérieux obstacle, il nous prendra tout le temps qui nous reste. » Mais elle pleurait la nuit, le désir de la maternité la consumait comme un feu, c'était sans doute la seule chose qui brûlait en elle car, pour le reste, c'était un désert. Et puis l'idée d'un enfant l'obsédait, cette idiote. Elle s'en occuperait toute seule, lui il pouvait s'inscrire à la Fac, il pouvait même abandonner son emploi et se consacrer entièrement à ses études; de toute façon un salaire suffisait, elle était montée en grade, passée à l'échelon supérieur; et puis, s'il n'y voyait pas d'objection, elle travaillerait à domicile le week-end, une agence de courrier du quartier cherchait des gens qui voulaient travailler au noir, et elle était vraiment prête à le faire. Eh bien marché conclu, si c'était cela qu'elle voulait, ce n'était pas lui qui frustrerait ce désir de maternité, mais on était bien d'accord : lui, les langes, il ne les changerait pas, le week-end il le passait à la bibliothèque, il était devenu l'ami du concierge de la Faculté qui lui permettait d'entrer même le dimanche; si elle voulait un enfant, lui, il voulait la licence, chacun son choix. Le pacte avait été clair et il l'avait respecté. Elle aussi, à la vérité, et en silence, apparemment sans se plaindre, avec sa triste résignation : le bureau, la maison, le travail supplémentaire, la gamine. Une gamine semblable à sa mère, ce sont des choses qui arrivent, la nature est implacable. Même regard résigné, même apathie, même échec inscrit sur le visage. Les dimanches où il n'étudiait pas à la bibliothèque, la gamine était déjà grande, il essayait de l'intéresser à quelque chose, de la sortir de sa torpeur précoce. « Tu veux venir faire une promenade avec papa, tu veux aller au zoo? » Et ce filet de voix de petite femme raisonnable et soumise qui répondait : « Je dois tenir compagnie à maman, elle m'a demandé de l'aider à faire le ménage, merci papa. » Les voilà, les dimanches après-midi, les images vivantes de son « privilège » de vieil étudiant, passant ses nuits à récupérer son retard sur tous ces jeunes étudiants qui, le matin, arrivaient frais et désinvoltes, le pantalon bien repassé et le pull-over à la dernière mode, les jeunes bourgeois. Bien sûr qu'il les détestait, ces jeunes bourgeois. Disons carrément que c'était de la rancœur, un rythme vital et authentique qui venait du plus profond de lui-même. C'était une haine sourde et inexprimable, amplifiée par le fait de devoir les considérer idéologiquement comme ses semblables. Pères riches, tradition libérale, famille du Parti d'Action : leur progressisme était un luxe, et être de gauche était un luxe encore plus grand. Pour lui, non, cela avait été une conquête, un voyage pénible, plein de souffrances, entravé par des respects humains, des conventions, les craintes d'une mère dévote, la résignation d'un père ayant trop d'enfants à nourrir pour s'occuper de politique. C'était là sa façon d'être de gauche : elle était faite d'offenses subies, de ressentiment et de revanche, elle n'avait rien à voir avec l'idéologie théorique et abstraite, presque géométrique, de ses jeunes compagnons. Il l'avait dit clairement à l'un d'eux, le plus stupide, un jour où, sortant du cours, celui-ci lui avait exprimé sa désapprobation parce qu'il avait choisi de passer sa licence avec un professeur médiocre et mal vu, que tout le monde appelait le Nostalgique. Il l'avait regardé droit dans les yeux et lui avait dit : « C'est facile pour toi d'être de gauche, hein, Monsieur? Tu n'as pas idée des difficultés de la vie. » Et l'autre l'avait regardé, plus stupide que jamais.

Le Nostalgique. Bien sûr ce n'était pas un génie, là-dessus il n'y avait aucun doute. Mais combien de grands professeurs très intelligents avaient fait la fine bouche quand il était allé leur demander de diriger son mémoire? Le Nostalgique, lui, avait immédiatement compris sa situation d'étudiant plus âgé, père de famille, et n'avait pas fait de difficultés. « J'espère que vous au moins, vous ne serez pas un de ces présomptueux qui, au lieu de commémorer notre passé héroïque, ne pensent qu'à un futur radieux. » Et il avait répondu prudemment : « Chaque régime a ses bons côtés, aujourd'hui on a tendance à tout voir en négatif, Monsieur le Professeur. » Leur entente s'était fondée là-dessus, au moins dans un premier temps, sur un respect mutuel, et cela avait porté ses fruits. L'élaboration du mémoire n'avait pas été longue, la rédaction si, au contraire : nuits blanches à taper des pages et des pages sur la machine à écrire que Cecilia rapportait chaque soir du bureau, ajoutant au reproche de son visage las la fatigue des quatre étages à monter avec cette vieille Olivetti qui ressemblait à un char d'assaut, pendant que Gianna apprenait les tables de multiplication dans la cuisine. Le reste avait été facile. Le maximum obtenu à l'examen final, parce que le mémoire était bon, bien sûr, et que le Nostalgique, s'il le voulait, pouvait compter sur l'appui de quelques collègues. Et même la publication n'avait pas été difficile, la maison d'édition qui imprimait aussi les polycopiés ne s'était pas fait payer, comme c'est le cas d'habitude. La dédicace *A mon maître* lui avait semblé, plus qu'utile, opportune. L'amertume n'était venue que plus tard, avec l'assistanat, parce que désormais les discours du Nostalgique étaient moins neutres et moins tolérants : ils exigeaient approbation et complicité, il ne s'agissait plus d'un respect mutuel.

Le jour où il quitta la maison, il le fit de façon discrète et indolore : en laissant un mot. C'était le jour de son premier salaire d'assistant. Une misère, mais pour un homme seul cela suffisait. Il avait trouvé une chambre dans un vieil immeuble derrière la Polyclinique, un réduit avec une fenêtre qui donnait sur une cour pleine de civières; ce n'était pas un lieu riant, mais il avait passé une semaine à le peindre en blanc, y avait installé une table achetée chez un brocanteur, une chaise, un portemanteau; le lit y était déjà, il ne manquait que le matelas. D'autres auraient pu penser que c'était misérable, mais lui savait que c'était sobre. Il pensait souvent à Machado, qui avait vécu à Soria dans une chambre comme celle-ci, avec une table, un lit et un lavabo en fer, dans la pension de Doña Isabel Cuevas. Il avait lu *Campos de Castilla* et y avait trouvé de grandes affinités spirituelles. Surtout dans le *Portrait* sur lequel s'ouvrait le volume, avec cette espèce de catalogue anecdotique, mais aussi allusif, de toute une vie : les déclarations idéologiques et éthiques, pudiques mais fermes, l'allusion humoristique au ridicule de son propre vêtement. C'était un dimanche après-midi, il était assis à sa table de travail et relisait ce *Portrait* pour la énième fois. Il commença par souligner trois vers, puis les transcrivit. *Mi historia, algunos casos que recordar no quiero; Ya conocéis mi torpe aliño indumentario; Hay en mis venas gotas de sangre jacobina.* Il sentait que ces trois vers lui appartenaient intimement, qu'il aurait pu les écrire. Et puis il en ajouta deux autres. Par la fenêtre, il regardait la cour de l'hôpital. On était en mai et les arbres rabougris de la cour étaient verts. A un moment donné, par une petite porte en fer sur laquelle il y avait l'inscription « Radiologie » dans un triangle jaune, sortit une infirmière, tenant une petite fille par la main. Elles avançaient très lentement, parce que la petite fille avait les jambes prises dans deux structures métalliques qui lui arrivaient jusqu'à l'aine. Elle avait deux petites jambes très maigres et raides, sûrement ankylosées, et elle marchait avec effort, comme si elle imitait d'une manière grotesque le pas de l'oie, un pas sinistre et lugubre. Elle ne devait pas avoir plus de huit ans, c'était une enfant aux cheveux clairs avec une robe à carreaux. L'infirmière la fit asseoir sur une civière, puis lui donna une petite tape sur la joue, la laissant là avec un geste rassurant qui invitait à la patience. L'enfant se mit à contempler la cour vide, et l'infirmière rentra dans l'hôpital. A ce moment-là, un chat blanc arriva de l'autre côté. Qui sait si c'est le chat qui vit l'enfant le premier, ou bien le contraire. Ils se regardèrent, puis le chat trottina à sa rencontre comme un jeune chiot, arriva jusqu'à la civière et sauta dessus agilement, l'enfant le prit dans ses bras et l'embrassa.

Il baissa les yeux sur le poème, relut un vers, *Mi historia, algunos casos que recordar no quiero,* il se rendit compte que les mots imprimés tremblaient à travers ses larmes et ajouta trois autres vers sur le cahier : *Hay en mis venas gotas de sangre jacobina; Pero mi verso brota de manantial sereno; Y, más que un hombre al uso que sabe su doctrina; Soy, en el buen sentido de la palabra, bueno.*

Cet été-là, il fit un voyage dans la péninsule ibérique. Le Nostalgique lui fit avoir une subvention du ministère des Affaires étrangères espagnol, par l'intermédiaire de l'association « Amis d'Espagne ». Il n'y avait rien de compromettant dans tout cela, en aucune façon, c'était une simple invitation, ou plutôt une récompense pour qui s'intéressait à la culture ibérique, les Espagnols étaient très fiers de leur culture et flattés que des professeurs d'universités étrangères fréquentent leurs bibliothèques. Le seul engagement à respecter était la remise des épreuves d'un article que le Nostalgique avait écrit pour une revue de Madrid dont il était un collaborateur fidèle. Il s'agissait d'une mauvaise revue mais cela ne le concernait pas le moins du monde. Barcelone le conquit. C'était une ville immense, claire, avec de grands boulevards bordés d'arbres et de splendides édifices fin de siècle, et un peuple communicatif et cordial qui avait souffert les pires catastrophes de la guerre civile. Il n'y resta que dix jours, et à la fin, se sentait un des leurs : son cœur, sa nature étaient frères de ceux qui habitaient la ville basse, le port, les ramblas; de ceux qui, le soir, peuplaient les petits cafés, les bistrots, les tavernes sales des ruelles. Et il éprouva une espèce de rage de devoir habiter dans cet élégant hôtel du centre où le ministère l'avait logé. Tandis qu'il dînait dans le salon plein de lumières, en compagnie de personnes élégantes qui mangeaient des crustacés, il regretta de ne pas pouvoir dîner parmi les gens humbles et criards des tavernes qu'il avait aperçues lors de ses promenades, l'après-midi, là où il buvait avec un plaisir presque physique la langue catalane, si fluide, si différente de la sonorité sèche du castillan. Tout cela renforça son antifranquisme. Il sentit sans équivoque que son cœur était avec ce peuple qui avait souffert : soudain il se souvint des difficultés qu'il avait surmontées, et cela l'émut. Il décida d'apprendre le catalan, ce serait son hommage à la Catalogne. Et en attendant, il pensait à un autre hommage, ce livre d'Orwell qu'il avait lu dans le train et abandonné dans la corbeille à papier de la gare à la frontière; et il sentait que c'était l'hommage d'un bourgeois, ce petit Anglais snob était comme les élégants qui mangeaient des crustacés à l'hôtel, il n'avait pas compris l'âme populaire de l'Espagne. Il éprouva plus que jamais de la rancœur pour ces pseudo-progressistes qu'il connaissait si bien, et une affection sans fin pour Dolores Ibarruri. Elle était la voix tellurique de l'Espagne, populaire et cristalline, signifiait générosité et sacrifice : la Pasionaria. Il pensa qu'il aurait dû se trouver à Moscou pour lui serrer la main et l'embrasser; et pas ici, dans ce pays pauvre, opprimé par la dictature fasciste, avec la mission de remettre à une revue du régime les pages rhétoriques du vieux Nostalgique. Mais en attendant, le train l'emmenait à Madrid. Le voyage fut monotone et le siège de la revue décevant, un bureau anonyme dans un immeuble près du Prado, avec un employé distrait qui le remercia froidement. Mais après tout, il avait accompli son devoir. Maintenant Madrid était à lui, et pourtant il ne l'aima pas, il détesta le caractère monumental et aristocratique des palais, l'élégance des quartiers bourgeois, l'immensité du Prado et ce Goya paradoxal et difforme, avec sa monstruosité baroque et ses fantaisies romantiques, des styles qu'il détestait. Il ne put résister à la tentation de prendre un petit train pour Soria, de traverser les champs de Castille, de se rendre en pèlerinage dans un lieu sobre et essentiel où l'appelait un poème. La chambre de la pension Cuevas était restée intacte : une table, une chaise, un lit, un portemanteau. Il erra, ému, dans les ruelles de cette petite ville modeste, encerclée par le désert lunaire de Castille; puis, après plusieurs tentatives, il trouva dans une librairie ancienne un portrait de Machado avec une dédicace autographe dans un coin : 22 janvier 1939. Le poète fuyait vers la frontière, vers la mort, acculé par les franquistes. Le libraire était un homme soupçonneux et prudent, il voyait peut-être en lui un provocateur; alors il lui parla, son castillan était désormais excellent, mais il lui parla en italien; il sentit que les mots lui venaient du cœur, il le rassura et lui tendit l'argent. Et le portrait fut à lui. A l'hôtel de Madrid l'attendait un message du Nostalgique, il avait le ton d'une obligation, d'un ordre. Il fallait qu'il aille à Lisbonne pour une autre commission, il y avait même un billet de train de première classe. Eh bien, il le ferait avec plaisir, le Nostalgique voulait publier un autre article pourri dans une revue portugaise, et lui l'y apporterait, il irait prendre toutes les dispositions nécessaires, pourquoi pas, c'était presque une satisfaction, une espèce de vengeance subtile. Le visage honnête et mélancolique de Machado lui souriait du fond de sa valise, il le couvrit avec les pages du Nostalgique et avec ses effets personnels, prit le train et arriva à la frontière; rien à déclarer, dit-il au douanier, le petit risque qu'il courait était sa revanche, son talisman.

A Lisbonne, les gens qui le reçurent furent gentils et pleins d'attention, contrairement aux Espagnols. Le siège de la revue se trouvait dans un beau palais de la place des Restauradores, Palácio Foz, avec une façade anglaise, un toit d'ardoise et des salles pleines de tapis. On lui fit l'éloge de son professeur, et il approuva, ajouta un compliment plus élégant et plus subtil dont la perfidie échappa sûrement à ce directeur bouffi d'orgueil et cérémonieux, symbole inconscient de la bêtise. Bien sûr qu'il était l'ami du Portugal, il l'admit avec le goût sublime de l'hypocrisie : un ami de ce petit peuple et de cette grande nation. Pour le moment il n'était pas capable de fournir une collaboration personnelle, et puis son nom ne disait rien à personne, il n'était qu'un assistant universitaire et ne s'occupait d'ailleurs pas de politique; il pourrait éventuellement faire des traductions sous un pseudonyme, son portugais n'était pas excellent, mais il pouvait compter sur l'amitié d'un lecteur portugais dans une université italienne, certainement une de leurs connaissances; et eux, à leur tour, ils pouvaient compter sur sa bonne volonté, le professeur était vieux et très occupé, il ne pouvait pas voyager fréquemment, mais lui viendrait volontiers.

Tout se passa comme prévu. Les textes à traduire étaient faciles et stupides, mais rapportaient bien; et puis ils renforçaient son sentiment le plus intime, il le sentait, ils alimentaient ce feu secret de ressentiment qui couvait en lui. Il accrocha le portrait de Machado au-dessus de sa table de travail, entre le lit et la fenêtre du côté de l'hôpital. Mais il ne resterait plus très longtemps dans cette chambre misérable, il le savait, le concours approchait, il serait reçu et accrocherait ce portrait sur une paroi qui convenait à sa beauté. En attendant, inconsciemment, il se mit à lui ressembler. Il se laissa pousser les cheveux sur les tempes, un peu gonflés, mais sans brillantine. Le dessin du front, avec les cheveux plantés haut, était le même. La forme de la bouche aussi était identique : une bouche fine, comme une cicatrice de cynisme qui camouflait les injustices subies. Du grand Espagnol, il lisait alors le journal de Juan de Mairena, fasciné par cette capacité de prendre un masque, par cette façon si subtile de prendre un pseudonyme qu'il sentait si proche de lui « le fond de ma pensée est triste; mais moi, je ne suis pas un homme triste, et je crois ne contribuer à attrister personne. Autrement dit, le manque d'adhésion à ma propre pensée me libère de son maléfice; ou bien, plus profonde que ma pensée est ma confiance dans son humanité, cette fontaine de Jouvence dans laquelle baigne continuellement mon cœur ». Le manque d'adhésion à ma propre pensée me libère de son maléfice. C'était une idée qui lui procurait une légèreté infinie, une espèce de rémission de peine, d'innocence. Et ce fut dans cette innocence qu'il vécut les journées si absorbantes du concours, sans même réaliser la difficulté de l'épreuve. Une épreuve qui ne concernait évidemment pas la poésie de Machado; c'était un travail strictement technique, rigoureusement théorique, de métrique. Et pourtant cette grammaire poétique si abstraite, si magnifiquement pure, lui sembla être la métaphore de sa propre existence, c'était la pensée à l'état pur, une pensée libérée du maléfice de la pensée elle-même. Il fut aisément reçu au concours, selon ses prévisions. Et alors, il se débarrassa facilement du vieux Nostalgique, presque trop facilement, sans plaisir; à tel point que, quand il alla lui apporter la seconde édition de son premier livre, ayant éliminé l'odieuse dédicace, il eut l'impression de s'acquitter d'un engagement insipide et décevant. Mais en réalité, ce ne fut pas aussi décevant que prévu. En effet le Nostalgique aurait pu prendre un ton querelleur, il aurait pu se déchaîner contre lui, comme il s'y attendait, et alors tout se serait résolu par une discussion rapide et sans surprise. Mais le Nostalgique l'attendait dans son bureau avec un air mélancolique, il avait choisi l'attitude de l'homme trahi par tous, mis à l'écart, et il l'accueillit les yeux humides, sans avoir le courage de s'opposer à lui de manière virile. « Je ne savais pas que tu étais mon ennemi », dit-il, « c'est la plus grande douleur de ma vieillesse. » C'est comme ça qu'il essayait de le punir, avec un vil chantage où se mêlaient l'amitié présumée, la vieillesse et la désillusion; et tout cela lui rappela Cecilia et son reproche indirect. Il ne put le supporter, car c'était une façon raffinée et obscène de lui rappeler Madrid et Lisbonne, de lui jeter à la tête des compromis secrets et amers que le Nostalgique connaissait sûrement et sur lesquels il jouait maintenant, avec bassesse. Et alors il lui avoua son mépris, il le fit avec flegme, avec sarcasme, avec un rythme de phrase qui lui rappela le Machado des *coplas por la muerte de don Guido*; et tandis qu'il lui susurrait ces mots de revanche tranchants et essentiels, son esprit, de son côté, comme une pensée libérée du maléfice de la pensée elle-même répétait suivant un mètre bien connu : « Al fin, una pulmonía mató a don Guido, y están las campanas todo el día doblando por el : din-dán! Murió don Guido, un señor de mozo muy jaranero, muy galán y algo torero; de viejo, gran rezador. » Don Guido est mort, grand seigneur dans sa jeunesse, très galant et un peu torero; très bigot dans sa vieillesse. Le vieux Nostalgique cessa ses litanies et l'invita à sortir. Il s'en alla en savourant sa victoire, car c'en était une, et il savait que d'autres lui succéderaient.

La deuxième fut Giuliana, mais ce ne fut pas une victoire sur elle, ce fut surtout une victoire sur la vie. Il l'arracha à sa condition de vieille fille avant l'âge et lui rendit une jeunesse qu'elle essayait de cacher, effaça sa conviction d'être malade et la persuada qu'elle était saine, très saine, trop saine même; elle avait seulement besoin d'un homme qui la protège et lui donne confiance en elle. La seule chose qui le troublait, c'était sa disponibilité à la conciliation, cette transparence qui ressemblait à de la crédulité et qui pouvait nuire à leurs carrières. Il lui interdisait le parfum à la violette, la modeste fourrure d'agneau, les attitudes trop voyantes et le rire sonore. Le travail universitaire, c'est lui qui le lui apprendrait, ou plutôt il le lui « construirait », c'est un métier qui s'apprend; et cela ne signifiait pas qu'elle devait devenir une de ses créatures, opinion qu'il fallait laisser aux âmes simples. Entre eux, il n'y avait que de la solidarité, une espèce de société par actions existentielles, c'était comme ça qu'il concevait l'amour, il suffisait qu'elle comprenne. Et elle comprit.

Les autres victoires suivirent, avec d'agréables

conquêtes. En premier lieu, celle sur son collègue qui lui avait nui par distraction ou par légèreté. Les offenses causées par légèreté sont plus douloureuses parce qu'elles supposent un manque d'attention envers la personne que l'on offense. Et il ne tolérait pas le manque d'attention à son égard : c'était une forme d'humiliation qui le faisait pâlir car il l'avait vécue trop souvent, cela le ramenait à sa condition de paria, quand il était obligé de s'acheter des vêtements médiocres dans ce magasin de viale Libia et en plus de les trouver élégants. Mais les offenses blessantes sont aussi les plus riches et les plus utiles, il le savait, car elles fermentent dans l'âme, exigent des réponses élaborées et complexes, et non des actes libérateurs, improvisés et décevants. Non, il savait très bien que les offenses blessantes nichaient dans une zone secrète, elles y restaient tapies comme des larves en léthargie et puis créaient des ramifications, des colonies, des termitières aux couloirs complexes qui supposaient une topographie minutieuse et attentive. Une topographie qu'il avait suivie avec soin et avec patience, parce qu'il ne pouvait pas se venger directement, sinon par quelques éreintements insatisfaisants ou des attaques venimeuses dans des revues scientifiques. Il fallait donc trouver une vengeance indirecte. Mais cela supposait des alliances, des conversations pleines d'allusions, des ententes pleines de sous-entendus, des affinités électives. Quel plaisir subtil que de repérer les amis des ennemis et d'en faire l'objectif secret de sa revanche. Cela avait nécessité un travail de plusieurs mois, de plusieurs années même. L'élève préféré de son ennemi venait d'entrer dans une université du Nord, en tant que professeur d'une discipline analogue à la sienne, ce sont les coïncidences de la vie. Il avait fini par lui trouver un ennemi, non sans difficultés, en consultant avec attention la liste des collègues. Il avait tapé dans le mille au second coup. C'était un professeur d'une matière voisine avec lequel il n'avait pas une grande intimité, il l'avait connu à un congrès, pouvait le tutoyer et l'appeler par son prénom; c'était un homme médiocre et arrogant, une espèce d'instituteur présomptueux, qui avait écrit une œuvre à la syntaxe boiteuse et des thèses qui ne menaient à rien : essais et articles médiocres qui tissaient l'éloge d'auteurs médiocres dans des revues médiocres. Mais son talon d'Achille était ailleurs, il le savait. Le centre névralgique de son allié possible était une carrière laborieuse à l'ombre d'un maître impitoyable qui l'avait humilié pendant des années, le traînant derrière lui comme un bibelot inutile en attente de rangement et l'appelant Smerdiakov, comme le serviteur des Karamazov. C'était là-dessus qu'il fallait faire pression, et pas si fort que ça : il suffisait d'effleurer la touche légèrement, par allusions, grâce à cette complicité qui ne laisse pas voir le chantage mais le laisse subrepticement supposer, comme cela se passe entre des âmes sœurs. Une brève conversation avait suffi, puis les choses s'étaient mises en mouvement toutes seules, et il les avait regardées avec la satisfaction que procure le plaisir patient. Un plaisir dont il avait suivi le cours paisible et presque solennel jusqu'à son épuisement, comme la musique d'une symphonie. Et quand il était près de s'éteindre il l'avait rallumé et complété par un mouvement bref et syncopé, un rondeau. Mais cela avait été plus facile et moins satisfaisant; il n'avait pas éprouvé de grande joie en s'alliant à cette jeune collègue hargneuse et ambitieuse. C'était une personne prévisible, d'une méchanceté trop évidente, elle avait trahi son amie et pris sa place auprès du vieux professeur, s'installant dans l'institut avec une certaine insolence. Il avait même trouvé ennuyeux de l'avoir de son côté, il l'appelait en secret « la poupée du gangster ».

Enfin les autres victoires, les officielles. Les œuvres, les revues, les congrès. Le plus grand succès était venu de la péninsule Ibérique. Encore elle. Mais maintenant les dictatures étaient finies, rien ne le liait plus à rien, et personne ne pouvait l'empêcher d'exercer les armes de sa critique sur ce poète courtisan du XVIe siècle pour la commémoration duquel les spécialistes de l'Europe entière s'étaient donné rendez-vous. Le congrès eut lieu dans un petit palais baroque, une résidence aristocratique de campagne, dans une localité éloignée de la capitale, au milieu des oliviers et des vignes. Il s'était fait réserver une intervention à la fin; il comptait être bref et technique, une lecture rythmique apparemment neutre qui, en réalité, soulignerait implacablement les astuces stylistiques de ce poète courtisan, ses plagiats camouflés des grands auteurs contemporains. Mais à un moment donné, il y eut la communication du Dominicain. C'était un homme de son âge, un professeur de culture classique, un prêtre, directeur depuis des années d'une revue littéraire qui avait exprimé, durant le régime précédent, un antifascisme vaguement libéral, au nom de la « culture », sans aucune couleur politique précise. Et maintenant, ce même prêtre, champion de l'antifascisme nébuleux, venait parler sur un ton conciliant et absolutoire d'un poète courtisan et compromis avec le pouvoir, en appelant à l'autonomie du texte poétique, à la faiblesse humaine, à la nécessité de faire abstraction de la biographie, car « les poètes n'ont pas de biographie, leur œuvre est leur biographie »; et au respect que mérite la Voix intérieure, solitaire et mystérieuse, qui dicte les paroles poétiques. Il y avait dans cette allusion spécieuse et sournoise une sorte de platonisme intolérable, une traînée de bave qui renvoyait à un *logos* métaphysique, une influence spinoziste que le Dominicain rapprochait, avec une grande désinvolture, de la pensée présocratique mais qui, en réalité, se rattachait à un néo-idéalisme de droite. Et puis cette humilité, cet esprit de conciliation, ce pardon des faiblesses humaines au nom du texte poétique, il sentait clairement que c'était une forme subtile d'orgueil, un système renversé de censure, leur quintessence; une manière de présenter la rémission des péchés, comme une sorte de chantage. Non, aucun péché ne devait être pardonné, il ne tolérerait pas une telle vision du monde, il ne se laisserait pas prendre par une formule aussi sournoise. Alors il parla comme il lui semblait qu'il fallait parler en cette circonstance. Il s'excusa d'abord de devoir se citer, mais il y était contraint. En même temps, il proposait à l'attention des participants les segments rythmiques, phoniques et lexicaux qu'il avait patiemment isolés pour une confrontation avec la poésie maniériste contemporaine de l'auteur. Car il partageait l'idée de l'autonomie du texte; mais chaque texte trouve sa place dans un contexte, et le contexte, on le connaissait. Alors il devint péremptoire, parce que le Dominicain utilisait un lexique vieillot et daté, n'était pas au courant des nouveautés critiques, était mal préparé. Lui, il parla de Bakhtine et de ce que signifie le contexte à l'intérieur du texte, il fit briller les joyaux isolés de ses segments rythmiques dans un vaste panorama culturel. Et en cela il ne pouvait y avoir ni accommodement ni compromis; c'était une radiographie péremptoire et irréfutable, qui s'appelait : littérature et vie. Ce fut un succès. Pas immédiat, bien sûr, car son intervention lui valut l'attaque très polémique de trois jeunes intellectuels; mais l'important était d'avoir acquis, sans scrupules, dans les milieux universitaires, la réputation du spécialiste anticonformiste et polémique, dur comme un diamant.

Et puis il y avait eu les victoires domestiques, confortables et rassurantes : l'appartement dans le centre, la bibliothèque bien fournie, le bureau, le portrait de Machado enfin accroché dans un lieu qui lui convenait, à côté de livres dignes de lui. Il transcrivit le tercet de cet étrange poème qu'il avait choisi d'analyser et repensa au titre du congrès. Il ébaucha une traduction et essaya de la lire à voix haute pour entendre l'effet qu'il ferait sur l'auditoire :

De quoi sont formés nos poèmes. Où se forment-ils?

Quel rêve empoisonné leur correspond,
si le poète est rancunier, et si le reste n'est que nuages?

Après tout, le poète ne lui déplaisait pas : sec et réaliste, avec un regard lucide sur les choses, même s'il avait une veine métaphysique superflue. A bien y penser, il y avait quelque chose de plaintif dans ce renvoi romantique à un vague empyrée dans lequel les concepts poétiques existeraient sous une forme abstraite, pour ensuite descendre sous forme de mots dans le vil réceptacle qu'est le poète, homme mortel et souillé par le péché et le ressentiment. Mais peut-être le poète était-il vraiment inconscient de cette veine élégamment mélancolique. C'était, à sa façon, un bourgeois, il avait écrit ces mots sans en comprendre le sens, croyant qu'ils étaient mystérieux et provenaient de qui sait quelle profondeur de l'espace cosmique. Mais pour lui qui les lisait, ils ne contenaient aucun mystère, ils étaient clairs comme l'eau, il se sentait en possession de la clef, pouvait les attraper et les tenir tous dans la paume de sa main, jouer avec eux comme avec les lettres en bois d'un alphabet pour enfants. Il sourit et écrivit : *La rancœur et les nuages. Pour une lecture rythmique d'un poème du XX*e *siècle.* Le vrai poète c'était lui, il le sentait.

ILES

1

Il pensa qu'il le dirait en ces termes : chère Maria Assunta, je vais bien et j'espère qu'il en est de même pour toi. Ici il fait déjà chaud, et c'est presque l'été; chez vous, au contraire, la belle saison n'est peut-être pas encore arrivée, parce qu'on entend toujours parler du brouillard, et puis il y a la pollution, et de toute façon je vous attends, si tu veux venir en vacances, même avec Giannandrea, et que Dieu vous bénisse. Je veux te remercier pour ton invitation, et Giannandrea aussi, mais j'ai pris la décision de rester ici, parce que tu vois, maman et moi, nous avons habité ici pendant trente-cinq ans, on a mis tellement de temps à s'y habituer : quand nous sommes arrivés de notre village, on se croyait dans un autre monde, dans le Nord, et en réalité, pour nous, c'était le Nord. Et désormais je suis attaché à ce lieu et j'y ai tellement de souvenirs. Et puis, depuis que ta mère est morte, je me suis habitué à vivre seul et, même si le travail me manque, je pourrai trouver un tas de petites occupations pour me distraire, comme soigner les plantes, ce que j'ai toujours aimé, et m'occuper des deux merles qui me tiennent compagnie; dans une grande ville, au contraire, qu'est-ce que je ferais; alors j'ai décidé de rester dans ces quatre pièces, au moins je vois le port et si un jour j'en ai envie, je peux prendre le bac et aller retrouver mes vieux collègues pour faire une partie de « briscola [1] »; après tout, le bac ne met que quelques heures et moi, sur ce bac, je me sens comme chez moi, parce qu'à la fin, la nostalgie du lieu où l'on a passé toute sa vie, toutes les semaines durant une vie entière, ça pèse.

Il éplucha son orange, laissa tomber l'écorce dans l'eau et la regarda flotter dans le sillon d'écume que le bateau ouvrait dans l'eau; et il imagina que la page était finie et qu'il en prenait une autre parce qu'il éprouvait le besoin de dire qu'il sentait déjà la nostalgie, quelle idiotie, c'était son dernier jour de service et il sentait déjà la nostalgie; et nostalgie de quoi d'ailleurs, d'une vie passée comme ça, sur un bateau, un voyage en avant et un voyage en arrière, je ne sais pas si tu te souviens, Maria Assunta, tu étais toute petite, ta mère disait : mais est-ce que cette enfant grandira un jour?; et moi je me levais tellement tôt qu'en hiver il faisait encore nuit, je venais te donner un baiser et puis je sortais, et il faisait froid, ils ne nous ont jamais donné de manteaux qui tiennent chaud, de vieilles couvertures pour chevaux teintes en bleu, voilà l'uniforme. Tant d'années passées comme ça créent une habitude, et c'est pourquoi je te le répète : qu'est-ce que je ferais dans une grande ville? qu'est-ce que je ferais chez vous à cinq heures du matin? Je

1. Jeu de cartes.

n'arrive pas à rester au lit, je me lève à cinq heures, je l'ai fait pendant quarante ans et c'est comme si j'avais un réveil dans ma tête. Et puis toi, tu as étudié, les études changent les personnes, même si elles ont grandi dans la même famille; et ton mari et moi, qu'avons-nous à nous dire? il a ses idées qui ne peuvent pas être les miennes et, de ce point de vue-là, on ne s'entend pas très bien. Vous avez étudié tous les deux. Le jour où je suis venu chez vous avec ta mère et où vos amis sont arrivés après le dîner, moi je n'ai pas dit un mot de toute la soirée, la seule chose que je pouvais dire, c'était ce que je connaissais, ce que j'avais connu au cours de ma vie, et toi tu m'avais prié de ne pas parler de mon métier. Enfin, il y a encore une autre chose, cela peut te sembler stupide et Giannandrea rirait sûrement, mais moi je ne pourrais jamais m'habituer aux meubles de votre maison; ils sont en verre et je m'y cogne parce que je ne les vois pas. Tant d'années comme ça, tu comprends, entre mes meubles, à me réveiller à cinq heures.

Mais cette dernière page, il la chiffonna mentalement, comme il l'avait écrite, et la jeta à la mer, et il crut la voir flotter parmi les écorces d'orange.

2

Je vous ai fait appeler pour que vous m'enleviez les menottes, dit-il à voix basse.

Sa chemise était ouverte sur sa poitrine et il avait les yeux fermés, comme s'il dormait. Son teint lui sembla jaunâtre, mais c'était peut-être le rideau baissé sur le hublot qui donnait cette couleur à toute la cabine. Quel âge pouvait-il avoir, trente, trente-cinq? Peut-être pas plus que Maria Assunta, en prison on vieillit vite. Et puis, cet air faible. Il pensa le lui demander, éprouva tout à coup de la curiosité. Il enleva son chapeau et s'assit sur le lit en face du sien. L'homme ouvrit les yeux et le regarda. Il avait les yeux bleus et, qui sait pourquoi, cela provoqua en lui un sentiment de peine. Quel âge avez-vous? demanda-t-il. En général il ne vouvoyait pas les détenus, mais il fut incapable de faire autrement, pas par méchanceté, peut-être parce qu'il se sentait déjà sorti du service. Ou parce que c'était un « politique », et que les « politiques » sont des personnes spéciales. L'homme s'assit et le regarda longuement en silence, avec ses grands yeux clairs. Il avait des moustaches blondes et les cheveux ébouriffés. Il était jeune, pensa-t-il, plus jeune qu'il ne le paraissait. Je vous ai dit de m'enlever les menottes, dit-il d'une voix fatiguée. Je veux écrire une lettre, et puis j'ai les bras endoloris. Il parlait avec un accent du Nord. Piémontais, peut-être. Vous avez peur que je ne m'échappe? Maintenant il y avait un ton ironique dans sa voix. Ne vous en faites pas, je ne m'échapperai pas, je ne vous agresserai pas, je ne ferai rien. Je n'en aurais même pas la force. Il appuya une main sur son estomac et fit un sourire rapide qui lui dessina deux rides profondes sur les joues. Et puis c'est le dernier voyage, dit-il.

Quand il fut sans menottes, il se mit à farfouiller dans son sac de toile. Il en sortit un peigne, un stylo et un cahier jaune. Si cela ne vous dérange pas, jc voudrais écrire seul, dit-il, votre présence me gêne. Je vous serais reconnaissant d'attendre dehors. Vous pouvez rester devant la porte si vous craignez que je ne fasse quelque chose, je vous promets que je ne vous embêterai pas.

3

Et puis, en fin de compte, il trouverait bien quelque chose à faire. On n'est plus si seul quand on a une occupation. Mais une occupation absorbante qui, en plus de la satisfaction, rapporte un peu d'argent. Les chinchillas, par exemple. En théorie, il savait tout sur les chinchillas. Un prisonnier qui, avant de finir en prison, avait un élevage, lui avait tout expliqué. Ce sont des bêtes adorables, il suffit de ne pas trop approcher les mains. Et ils sont résistants, s'adaptent bien, se reproduisent même dans des endroits où il n'y a pas beaucoup de lumière. Le débarras du sous-sol suffirait peut-être, à condition que les copropriétaires le lui permettent. Mais il pouvait aussi garder la chose à moitié cachée. Et puis le locataire du premier étage élevait des hamsters dans son débarras.

Il s'appuya au bastingage et entrouvrit le col de sa chemise. Il commençait à faire chaud et pourtant il était à peine neuf heures. Ce serait la première journée de vraie chaleur estivale, il le comprit. Il crut sentir une odeur de terre brûlée et, avec l'odeur, lui arriva l'image d'un sentier de campagne au milieu des figuiers de Barbarie, un paysage jaune sous le soleil, un enfant qui marchait pieds nus vers une maison où il y avait un citronnier : son enfance. Il sortit une autre orange et commença à la peler. Il en avait acheté quelques-unes la veille au soir. Elles étaient inabordables, à cause de la saison, mais il s'était accordé un caprice. Il jeta une épluchure dans la mer et s'aperçut qu'on voyait bien la côte. Les courants dessinaient des bandes plus claires dans la mer, comme des sillages d'autres bateaux. Il fit rapidement le compte. Le fourgon cellulaire les attendrait sur le quai : pour l'opération de transfert, il fallait prévoir un quart d'heure; il pourrait être à la caserne vers midi, à pied c'était tout près. Il palpa sa poche intérieure à la recherche de sa feuille de congé. S'il avait la chance de trouver le maréchal à la caserne, il aurait fini vers une heure. Et à une heure et demie, il serait déjà assis sous la pergola de cette trattoria au fond du port. Il la connaissait depuis toujours et n'y avait jamais mangé. Il s'était toujours arrêté en passant pour lire le menu exposé dans un cadre, surmonté par un espadon peint en bleu métallique. Il sentit comme une langueur dans son estomac, mais cela ne pouvait pas être la faim. Cependant il s'attarda à faire des hypothèses sur la cuisine, car il se rappelait certains plats annoncés sur l'affiche à l'espadon. Aujourd'hui soupe de poissons et rougets, se dit-il. Et des courgettes frites, il en avait envie. Pour finir, la salade de fruits, non, plutôt les cerises. Et un café. Et puis il se ferait apporter une feuille et une enveloppe et passerait l'après-midi à écrire sa lettre; parce que tu vois, Maria Assunta, on ne se sent plus si seul quand on a une occupation, mais une occupation absorbante qui, en plus de la satisfaction, rapporte un peu d'argent. Et ainsi, j'ai décidé d'élever des chinchillas, ce sont des bêtes sympathiques, il suffit de ne pas trop approcher les mains. Et ils sont résistants, s'adaptent bien, se reproduisent même dans des endroits où il n'y a pas beaucoup de lumière. Mais chez vous, ce ne serait absolument pas possible, tu le comprends, Maria Assunta, pas à cause de Giannandrea que j'estime beaucoup même si nous n'avons pas les mêmes idées, mais c'est une question d'espace, parce qu'ici au moins, j'ai le débarras du sous-sol; ce ne sera pas idéal, mais si le locataire du dessous y élève des hamsters, je ne vois pas pourquoi je ne pourrais pas y élever des chinchillas.

Une voix dans son dos le fit presque sursauter. Monsieur le caporal-chef, le détenu vous demande.

4

L'homme d'escorte qui l'accompagnait était un échalas plein de boutons avec des manches trop courtes sur des bras trop longs. Il portait l'uniforme de façon lamentable et parlait comme on le lui avait enseigné au cours de formation. Il n'a pas spécifié le motif, ajouta-t-il.

Il lui répondit qu'il pouvait rester sur le pont à sa place et prit l'échelle qui conduisait aux cabines. En traversant la salle de réunion, il vit le capitaine du bateau au comptoir du bar qui bavardait avec un passager. Il l'avait vu pendant des années. Le capitaine aussi le vit et lui fit un signe de connivence plus que de salut. C'était un signe qui voulait dire qu'ils se reverraient le soir, lors de la traversée de retour. Il ralentit, car il eut envie de lui dire que ce soir-là, ils ne se verraient pas : c'est mon dernier jour de service, ce soir je reste sur le continent, j'ai des affaires à régler. Mais cela lui sembla ridicule. Il s'engagea dans l'escalier qui descendait à l'étage des cabines, parcourut le long couloir bien ciré, prit la clef dans son portefeuille. Le détenu était debout à côté du hublot et regardait la mer. Il se retourna et le regarda de ses yeux clairs d'enfant. Je voudrais vous confier cette lettre, dit-il. Il tenait une enveloppe à la main et la lui tendit d'un geste timide, mais en même temps péremptoire. Prenez-la, il faut que vous me la postiez, conclut-il. Il avait boutonné sa chemise et s'était peigné, son visage avait perdu cet air abattu. Est-ce que vous vous rendez compte de ce que vous me demandez? lui dit-il, vous savez très bien que je ne peux pas le faire.

Le détenu s'assit sur le lit. Il le regardait d'un air ironique, lui sembla-t-il, ou bien étaient-ce ses yeux si enfantins. Bien sûr que vous pouvez le faire, dit-il, il suffit de le vouloir. Il avait vidé son petit bagage et rangé les objets bien alignés sur le lit, comme s'il voulait faire un inventaire. Je sais ce que j'ai, dit-il, regardez la feuille d'hospitalisation que vous avez en poche, regardez-la, vous savez ce que ça veut dire, ça veut dire que moi, de cet hôpital, je ne sortirai plus, je suis en train de faire un voyage définitif, vous comprenez? Il avait souligné le mot *définitif* avec une étrange intonation, comme s'il s'agissait d'une plaisanterie. Il marqua un temps d'arrêt pour reprendre son souffle. Il appuya de nouveau ses poings sur son estomac, une espèce de tic bizarre, ou une douleur. Cette lettre est destinée à une personne que j'aime, je ne veux pas qu'elle passe par la censure pour des raisons que je ne vous explique pas, essayez de comprendre, de toute façon vous avez très bien compris. La sirène du bateau siffla. C'était toujours comme ça quand on arrivait en vue du port, un son joyeux, presque une exclamation.

Il répondit sèchement, d'un air dur, peut-être trop dur, mais c'était la seule façon de couper court à la conversation. Remettez vos affaires dans le sac, dit-il rapidement, évitant de le regarder dans les yeux, dans une demi-heure nous arrivons, je reviendrai au moment de débarquer pour vous passer les menottes. Il employa cette expression : passer les menottes.

5

En un instant, les quelques passagers se dispersèrent et le quai resta désert. Une énorme grue jaune se déplaçait dans l'azur vers deux immeubles en construction aux fenêtres aveugles. La sirène du chantier annonça l'interruption de travail et, presque en même temps, une cloche de village lui répondit. Il était midi. Qui sait pourquoi les manœuvres d'accostage avaient été si longues. Les maisons qui bordaient le port avaient des façades rouges et jaunes, il pensa qu'il ne les avait jamais observées et les regarda, s'assit sur une borne en fer à laquelle était amarrée une barque. Il ôta son chapeau. Il faisait vraiment chaud. Il se leva et il se mit à traverser tout le port en direction de la passerelle. Sur la porte du bar-tabac, le vieux chien habituel, le museau entre les pattes, remua péniblement la queue quand il passa à côté de lui. Quatre jeunes gens en polo, près du juke-box, plaisantaient à voix haute. Une voix de femme, rauque et un peu masculine, le renvoya des années en arrière. Elle chantait *Ramona.* Il trouva étrange que cette chanson fût revenue à la mode. L'été commençait.

La trattoria au fond du port était encore fermée. Le propriétaire en tablier blanc s'affairait sur le pas de la porte. Il avait une éponge à la main et nettoyait les persiennes du sel et du sable que l'hiver y avait laissés. Le patron le regarda et le reconnut. Il lui sourit comme on sourit aux personnes que l'on a vues durant toute la vie et pour lesquelles on n'éprouve rien. Lui aussi sourit et poursuivit son chemin. Il s'engagea dans la rue que longeaient les vieux rails hors d'usage et la parcourut jusqu'à la hauteur du dépôt de marchandises. Sous l'auvent, il y avait une boîte aux lettres. La rouille avait en partie dévoré la peinture rouge. Il lut sur le carton d'horaire de la prochaine levée : dix-sept heures. Il ne voulait pas savoir où allait cette lettre, mais il était curieux de connaître le nom de la personne qui la recevrait. Seulement le prénom. D'une main il cacha soigneusement l'adresse et lorgna le premier nom. Lisa. Elle s'appelait Lisa. Il pensa que c'était un beau prénom. Et alors seulement, il pensa que c'était drôle : il savait le nom de la personne qui recevrait cette lettre, mais il ne la connaissait pas; et il connaissait la personne qui avait écrit cette lettre, mais ne savait pas son nom. Il ne s'en souvenait plus, car on ne garde pas à l'esprit le nom d'un détenu que l'on doit transférer. Il posta la lettre et se retourna pour regarder la mer. Le soleil était fort et l'éclat de l'horizon effaçait les petits points des îles. Il sentit qu'il transpirait et souleva son chapeau pour s'essuyer le front. Je m'appelle Nicola, dit-il à voix haute. Il n'y avait personne près de lui.

LES TRAINS QUI VONT A MADRAS

Les trains qui vont de Bombay à Madras partent de Victoria Station. Mon guide assurait qu'un départ de Victoria Station valait à lui seul un voyage en Inde, et c'était la première raison pour laquelle j'avais préféré le train à l'avion. Mon guide était un petit livre un peu bizarre, qui donnait des conseils parfaitement incongrus que je suivais à la lettre. En réalité mon voyage était lui aussi parfaitement incongru; ce livre était donc fait pour moi. Il ne traitait pas le voyageur comme un pillard, avide d'images stéréotypées, auquel on conseille trois ou quatre itinéraires obligatoires comme pour des grands musées qu'on visite à toute vitesse, mais comme un individu vagabond et illogique, enclin à l'oisiveté et à l'erreur. En avion, disait mon guide, vous ferez un voyage pratique et rapide, mais vous raterez l'Inde des villages et des paysages inoubliables. Avec les trains à long parcours, vous courez le risque d'arrêts non programmés et vous pouvez même arriver un jour plus tard que prévu, mais vous verrez l'Inde *vraie*. Et puis, si vous avez la chance de prendre le bon train, il sera extrêmement ponctuel et confortable, vous y trouverez des repas excellents et un service parfait, et un billet de première vous coûtera moins cher que la moitié d'un billet d'avion. Enfin, n'oubliez pas que, dans les trains indiens, on peut faire les rencontres les plus imprévisibles.

Ces dernières considérations m'avaient définitivement convaincu; et peut-être même avais-je eu la chance de prendre le bon train. J'avais traversé des paysages d'une rare beauté ou, en tout cas, inoubliables à cause des hommes que j'y avais aperçus; le wagon était d'un confort exceptionnel, l'air conditionné agréable, le service impeccable. Le crépuscule tombait, et le train traversait un paysage de montagnes rouges et rocailleuses. Le serveur m'apporta une collation sur un plateau en bois laqué, il me tendit une serviette humide, versa le thé et m'informa discrètement que nous étions au cœur de l'Inde. Pendant que je mangeais, il installa ma couchette, précisa que le wagon-restaurant restait ouvert jusqu'à minuit et que, si je désirais dîner dans mon compartiment, je n'avais qu'à sonner. Je le remerciai d'un petit pourboire et lui restituai le plateau vide. Puis je restai à fumer, regardant par la fenêtre ce panorama inconnu et songeant à mon étrange itinéraire. Aller à Madras visiter la Société Théosophique, pour un agnostique, et faire deux jours de train, c'était une entreprise qui aurait sans doute plu aux auteurs bizarres de mon guide bizarre. Mais la vérité était qu'un membre de la Société Théosophique pourrait me donner une information à laquelle je tenais énormément. C'était une faible espérance, peut-être une illusion, et je ne voulais pas la brûler dans le bref espace d'un voyage en avion; je préférais la bercer et la savourer à mon aise, comme on aime le faire avec des espérances auxquelles on tient beaucoup mais qui ont peu de chance de se réaliser.

Le coup de frein du train m'arracha à mes considérations, peut-être à ma torpeur. Je m'étais sans doute assoupi un instant, et le train était entré dans une gare sans que je puisse voir le nom sur le panneau. J'avais lu dans le guide qu'un des arrêts intermédiaires était Mangalore, ou peut-être Bangalore, je ne m'en souvenais plus, mais je n'avais aucune envie de feuilleter à nouveau le livre pour trouver l'itinéraire du train. Sur le quai, il n'y avait que quelques voyageurs; des Indiens vêtus à l'occidentale, qui avaient l'air de gens aisés, un groupe de femmes, quelques porteurs affairés. C'était sans doute une ville importante et industrielle. Au loin, au-delà des quais, on apercevait les cheminées d'une usine, de grands édifices et des boulevards bordés d'arbres.

L'homme entra tandis que le train se remettait en marche. Il me salua à la hâte, vérifia si le numéro de la couchette correspondait bien à celui de son billet et, ayant constaté qu'il n'y avait pas d'erreur, il s'excusa de l'intrusion. C'était un Européen à l'embonpoint flasque, il portait un costume bleu, pas très adapté au climat, et un chapeau élégant. Son bagage se réduisait à un attaché-case en cuir noir. Il s'assit à sa place, tira de sa poche un mouchoir immaculé et nettoya soigneusement ses lunettes, en souriant. Il avait un air affable mais réservé, un peu absent. « Vous allez aussi à Madras? » me demanda-t-il, et sans attendre ma réponse : « Ce train est très ponctuel, nous arriverons demain matin à sept heures. »

Il parlait un bon anglais avec un accent allemand, mais ne me sembla pas être allemand. Hollandais, pensai-je sans savoir pourquoi, ou peut-être suisse. Il avait l'air d'un homme d'affaires, à première vue on lui aurait donné la soixantaine, mais peut-être était-il plus vieux. « Madras est la capitale de l'Inde dravidienne », ajouta-t-il, « si vous n'y êtes jamais allé, vous aurez des choses extraordinaires à voir. » Il parlait avec cette désinvolture un peu détachée des Européens qui connaissent l'Inde, et je me préparai à une conversation faite de banalités. Il me parut bon de l'informer que nous pouvions dîner au wagon-restaurant, préférant alterner les lieux communs de l'inévitable dialogue avec les silences habituels dans un repas entre gens bien élevés.

Dans le couloir je me présentai, m'excusant de ne pas l'avoir fait plus tôt. « Oh, maintenant les présentations sont une formalité inutile », dit-il de son air affable. Il fit un léger signe de tête. « Je m'appelle Peter. »

A table, il s'avéra un expert d'un grand secours. Il me déconseilla les côtelettes végétales qui me tentaient par pure curiosité, « parce que les légumes doivent être très variés et bien préparés », dit-il, « ce qui est difficilement possible dans les cuisines d'un train ». Je proposai timidement d'autres plats au hasard, suscitant à chaque fois sa désapprobation. Enfin je me décidai pour le *tandoori* d'agneau qu'il avait choisi pour lui, « parce que l'agneau est un mets noble et sacrificiel, et que les Indiens ont le sens du rituel dans la nourriture ».

On parla beaucoup des civilisations dravidiennes, ou du moins ce fut lui qui parla presque tout le temps, parce que mes interventions se limitaient aux demandes typiques de l'amateur, à quelques timides objections, en général à un accord inconditionnel. Il me décrivit de façon très détaillée les bas-reliefs rupestres de Kancheepuram et l'architecture du Shore Temple, me parla de cultes archaïques et ignorés, inconnus du panthéisme hindouiste, comme celui des aigles blancs de Mahabalipuram; de la signification des couleurs, des rites funèbres, des castes. Je lui exposai, timidement, ce que je savais : mes lectures à propos de la pénétration européenne sur les rives du Tamil; je parlai de la légende du martyre de saint Thomas à Madras, de la tentative ratée des Portugais de fonder une autre Goa sur ces rives, de leurs guerres contre les royaumes locaux, des Français de Pondichéry. Il compléta mes informations et corrigea certaines inexactitudes à propos des dynasties indigènes, citant noms, dates, lieux et événements. Il parlait avec assurance et compétence, et son érudition dénotait d'énormes connaissances, laissant supposer en lui un expert qualifié, peut-être un professeur universitaire ou un savant illustre. Je le lui demandai de façon directe, avec une certaine ingénuité, certain d'obtenir une réponse affirmative. Il sourit, non sans fausse modestie, et secoua la tête. « Simple amateur », dit-il, « c'est une passion que le destin m'a invité à cultiver. »

Il y avait dans sa voix une nuance d'émotion, me sembla-t-il, comme un regret ou une douleur. Ses yeux brillaient et son visage glabre paraissait plus pâle sous l'éclairage du wagon-restaurant. Ses mains étaient fines et ses gestes fatigués. Il y avait quelque chose d'incomplet dans son aspect, quelque chose d'imprévu, mais il était difficile de dire quoi; je pensai à quelque chose de maladif et de caché, comme une honte.

On regagna le compartiment tout en parlant, mais il avait perdu de sa verve et notre conversation était entrecoupée de longs silences. Pendant que nous nous préparions pour la nuit, juste pour dire quelque chose, sans raison précise, je lui demandai pourquoi il voyageait en train et non en avion. Je pensais que l'avion convenait mieux à une personne de son âge; pourquoi se soumettre à un voyage aussi long? Et j'attendais probablement qu'il m'avoue sa crainte d'un tel moyen de transport, comme c'est le cas des personnes qui n'y ont pas été habituées dans leur jeunesse.

Monsieur Peter me regarda, perplexe, comme s'il n'y avait jamais pensé. Puis, soudain, il s'illumina et dit : « Avec l'avion on fait des voyages confortables et rapides, mais on perd l'Inde vraie. Bien sûr, avec les trains à long parcours, on court le risque d'arriver avec un jour de retard; mais si on a la chance de prendre le bon train, on peut faire un voyage très confortable et arriver à l'heure. Et puis, dans le train, il y a toujours le plaisir d'une conversation, impossible en avion. »

Ce fut plus fort que moi, je dis : « Inde, a travel survival kit. »

« Pardon? » dit-il.

« Rien, je pensais à un livre. » Et puis j'affirmai : « Vous n'avez jamais été à Madras. »

Monsieur Peter me regarda d'un air candide. « Pour connaître un lieu, on n'a pas forcément besoin d'y être allé », affirma-t-il. Il ôta son veston et ses chaussures, glissa sa petite valise sous l'oreiller, tira le rideau de sa couchette et me souhaita bonne nuit.

J'aurais voulu lui dire qu'il caressait lui aussi un faible espoir et qu'il avait pris le train parce qu'il préférait le savourer longuement, plutôt que de le brûler dans le bref espace d'un voyage en avion, j'en étais sûr. Mais je ne dis rien, naturellement, j'éteignis le plafonnier, laissant la veilleuse bleue, tirai mon rideau et lui souhaitai bonne nuit.

***

Une lumière soudaine et une voix qui demandait quelque chose nous réveillèrent. Par la fenêtre, on voyait une baraque en planches faiblement éclairée et un panneau incompréhensible. Le contrôleur était accompagné d'un policier basané, à la mine soupçonneuse. « Nous entrons dans le pays Tamil Nadu », dit le contrôleur en souriant, « c'est une simple formalité. » Le policier tendit la main et dit : « Vos papiers, s'il vous plaît. »

Il regarda mon passeport d'un air distrait et le referma aussitôt. Il prêta plus d'attention à celui de monsieur Peter. Pendant qu'il l'examinait, je vis qu'il s'agissait d'un passeport israélien. « Mister... Shi... mail? », articula péniblement le policier.

« Schlemihl », corrigea mon compagnon de voyage, « Peter Schlemihl. »

Le policier nous rendit nos papiers, éteignit la lumière et prit froidement congé. Le train avait repris sa vitesse à travers la nuit indienne, la lampe bleue créait une atmosphère de rêve, nous restâmes longtemps en silence, puis je parlai : « Il est impossible que vous vous appeliez comme ça » dis-je, « il existe un seul Peter Schlemihl, c'est une invention de Chamisso, et vous le savez très bien. C'est bon pour les policiers indiens, ça! »

Mon compagnon de voyage ne répondit pas. Puis il me demanda :

« Vous aimez Thomas Mann? »

« Pas tout », répondis-je.

« Quoi? »

« Les nouvelles, certains romans brefs, *Tonio Kröger, Mort à Venise.* »

« Je ne sais pas si vous connaissez une préface à Peter Schlemihl », dit-il, « c'est un texte admirable. »

Le silence retomba. Je pensai que mon compagnon s'était endormi, mais c'était impossible. Il attendait seulement que ce soit moi qui parle, et je parlai.

« Qu'allez-vous faire à Madras? »

Mon compagnon de voyage ne répondit pas tout de suite, il toussa légèrement.

« Je vais voir une statue », murmura-t-il.

« C'est un long voyage pour voir une statue. »

Mon compagnon ne répondit pas. Il se moucha à plusieurs reprises. « Je veux vous raconter une petite histoire », dit-il ensuite, « j'ai envie de vous raconter une petite histoire. » Il parlait doucement et sa voix m'arrivait, étouffée par le rideau. « Il y a bien longtemps, en Allemagne, j'ai connu un homme. C'était un médecin et il devait m'examiner. Il était assis derrière un bureau, et moi j'étais debout, nu, devant lui. Derrière moi, il y avait une file d'autres hommes nus qu'il devait examiner. En nous conduisant dans cette salle, on nous avait dit que nous servions au progrès de la science allemande. A côté du médecin, il y avait deux gardes armés et un infirmier qui remplissait des fiches. Le médecin nous posait des questions précises concernant nos fonctions viriles, l'infirmier procédait à des analyses sur nos corps et puis il écrivait. La file avançait rapidement, parce que le médecin était pressé. Quand j'ai eu passé mon tour, au lieu de continuer vers la pièce dans laquelle ils nous conduisaient, je me suis attardé un instant parce que mon regard était attiré par une petite statue que le médecin avait sur son bureau. C'était la reproduction d'une divinité orientale, mais je ne l'avais jamais vue. Elle représentait une figure dansante, dont les bras et les jambes, harmonieux et divergents, étaient inscrits dans un cercle. Il ne restait que quelques espaces ouverts dans ce cercle, petits vides qui attendaient d'être fermés par l'imagination de qui les regardait. Le médecin s'aperçut de mon intérêt et sourit. Il avait une bouche fine et moqueuse. Cette statue représente le cercle vital, dit-il, où toutes les scories doivent entrer pour atteindre la forme supérieure de la vie qui est la beauté. Je souhaite que, dans le cycle biologique prévu par la philosophie qui conçut cette statue, vous puissiez atteindre, dans une autre vie, un échelon supérieur à celui qui vous a été donné dans votre vie actuelle. »

Mon compagnon de voyage se tut. Malgré le bruit du train, je pouvais entendre parfaitement sa respiration calme et profonde.

« Continuez, je vous en prie », dis-je.

« Il n'y a pas grand-chose à ajouter », dit-il,

« cette statue était l'image de Shiva dansant, mais alors, je ne le savais pas. Comme vous le voyez, je ne suis pas encore entré dans le cercle du recyclage vital, et mon interprétation de cette figure est tout autre. J'y ai pensé chaque jour, c'est la seule chose à laquelle j'aie pensé durant toutes ces années. »

« Combien d'années se sont écoulées? »

« Quarante. »

« Peut-on penser à une seule chose pendant quarante ans? »

« Je crois que oui, si l'on a subi la turpitude. »

« Et quelle est votre interprétation de cette figure? »

« Je pense qu'elle ne représente pas du tout le cercle vital. Elle représente simplement la danse de la vie. »

« En quoi consiste la différence? » lui demandai-je.

« Oh, c'est très différent », dit monsieur Peter. « La vie est un cercle. Un jour le cercle se referme, mais nous ne savons pas quand. » Il se moucha et dit : « Et maintenant, excusez-moi, je suis fatigué, si vous le permettez, je voudrais essayer de dormir. »

***

Je m'éveillai aux environs de Madras. Mon compagnon de voyage était déjà rasé et prêt, dans son impeccable costume bleu. Il avait l'air reposé et souriait; il avait relevé sa couchette et m'indiquait le plateau du petit déjeuner déposé sur la table, à côté de la fenêtre.

« J'ai attendu que vous vous éveilliez pour prendre le thé avec vous », dit-il. » Je n'ai pas voulu vous déranger, vous dormiez si bien. »

J'entrai dans le petit cabinet et fis rapidement ma toilette matinale, puis je rassemblai mes affaires, refis ma valise et je m'assis devant le petit déjeuner. Nous traversions un lieu habité, une zone de villages peuplés où l'on pouvait deviner les premiers faubourgs de la ville.

« Vous voyez, nous sommes parfaitement à l'heure », dit mon compagnon, « il est sept heures moins le quart. » Il plia soigneusement sa serviette. « J'aimerais que vous alliez vous aussi voir cette statue », ajouta-t-il, « elle se trouve au musée de Madras. J'aimerais savoir ce que vous en pensez. » Il se leva et prit son attaché-case. Il me tendit la main et me salua de son ton cordial. « Je suis reconnaissant à mon guide de voyage qui conseillait ce moyen de transport », dit-il, « c'est vrai que dans les trains indiens on peut faire les rencontres les plus inattendues; votre compagnie a été pour moi un plaisir et un réconfort. »

« Le plaisir est réciproque », répliquai-je, « c'est moi qui suis reconnaissant aux conseils de mon guide. »

Nous entrions dans la gare, le long d'un quai grouillant de monde. Le train freina et le convoi s'arrêta en douceur. Je cédai le pas à mon compagnon et il descendit le premier, m'adressant un signe de salut. Alors qu'il s'éloignait, je l'appelai et il se retourna.

« Je ne sais pas où je pourrais éventuellement vous communiquer mon opinion, » criai-je, « je n'ai pas votre adresse. »

Il rcvint sur ses pas avec cet air perplexe que je lui connaissais déjà et il réfléchit un instant. « Laissez-moi un message à l'American Express », dit-il, « je passerai le chercher. »

Puis chacun de nous se perdit dans la foule.

***

Je ne restai que trois jours à Madras. Ce furent des journées intenses, presque fébriles. Madras est une ville énorme, faite de maisons basses et d'immenses terrains vagues, encombrée de bicyclettes, d'autobus déglingués et d'animaux; il faut un temps fou pour la parcourir d'un bout à l'autre. Quand je me fus acquitté de mes obligations, il ne me restait qu'un jour de liberté; à la place du musée, je choisis une visite des bas-reliefs rupestres de Kancheepuram qui se trouvaient à plusieurs kilomètres de la ville. Mon guide se révéla encore une fois une précieuse compagnie.

Le matin du quatrième jour, je me trouvais dans la gare des autobus qui font la ligne pour le Kerala et Goa. Il restait une heure avant le départ, il faisait une chaleur torride et les auvents de cet énorme hangar étaient l'unique refuge contre la fournaise des rues. Pour tromper l'attente, j'achetai le journal en langue anglaise de Madras. C'était un journal de quatre feuilles à peine, genre journal de paroisse, avec beaucoup d'annonces en tous genres, résumés de films populaires, chronique urbaine... En première page, bien en évidence, on relatait un meurtre survenu la veille. La victime était un habitant de nationalité argentine qui vivait à Madras depuis 1958. Il était décrit comme un homme réservé et discret, sans amis, septuagénaire, qui vivait dans une villa du quartier résidentiel de Aydar. Sa femme était morte trois ans auparavant de mort naturelle. Ils n'avaient pas d'enfant.

Il avait été tué d'un coup de revolver au cœur. C'était un meurtre apparemment inexplicable, parce que l'assassin n'avait pas agi pour voler. La maison avait été trouvée en ordre, sans traces d'effraction. L'article décrivait la maison comme une résidence simple et sobre, avec quelques objets d'art et de bon goût, et un petit jardin. La victime semblait être un connaisseur d'art dravidien; le journal mentionnait quelques services rendus pour l'établissement du catalogue du musée local et donnait la photo d'un inconnu : le visage d'un vieux, chauve aux yeux clairs et aux lèvres fines. La description était anonyme et neutre. Le seul détail curieux était la photographie d'une statuette à côté de celle de la victime. Il s'agissait sûrement d'un rapprochement logique, puisque la victime était un connaisseur d'art dravidien, et que la danse de Shiva est l'objet le plus connu du musée de Madras, une espèce de symbole. Mais cette association plausible suscita en moi une autre association. Il restait encore vingt minutes avant le départ, je cherchai un téléphone et composai le numéro de l'American Express. Une aimable voix féminine me répondit. « Je voudrais laisser un message pour monsieur Schlemihl », dis-je. La téléphoniste me pria d'attendre un instant, puis elle dit : « Pour le moment, nous n'avons personne à ce nom, mais si vous le désirez, vous pouvez tout de même laisser un message, on le lui remettra s'il passe. »

« Allô, Allô! » répéta la téléphoniste qui n'entendait plus ma voix.

« Un instant, mademoiselle, laissez-moi réfléchir un instant. »

Qu'est-ce que je pouvais dire ? Je pensai au ridicule de mon message. Dire que j'avais compris ? Et quoi ? Que pour quelqu'un le cercle s'était refermé ?

« Ça n'a pas d'importance », dis-je, « j'ai changé d'avis. » Et je raccrochai.

Je n'exclus pas que mon imagination ait travaillé plus qu'il ne fallait. Mais si par hasard j'avais bien deviné quelle était cette ombre que monsieur Schlemihl avait perdue; et si par hasard il lui arrivait de lire ce récit, par le même hasard étrange qui nous fit nous rencontrer ce soir-là dans le train, je voudrais que lui parviennent mes salutations. Et ma peine.

LA RELÈVE DE LA GARDE

Parce que, tout bien pesé, l'habitude est un rite, on croit agir par plaisir tandis que, en réalité, on ne fait qu'obéir à un devoir qu'on s'est imposé. Ou bien un exorcisme, pensa-t-il, l'habitude est peut-être aussi une forme d'exorcisme, et puis on la vit comme un plaisir. Il se demanda si c'était vraiment un plaisir de prendre le ferry à Battery Park ce samedi-là au milieu des touristes hébétés; de faire la petite traversée qui lui causait toujours un certain malaise à l'estomac, et de se promener sur l'énorme piédestal de granit en regardant les gratte-ciel et les mouettes. Aucun plaisir, il en convint. Ou plutôt : désormais, aucun plaisir. C'était un rite, évidemment, un hommage à une première excursion faite il y a bien longtemps quand Dolores vivait encore. Et puis regarder la Liberté d'en bas, sa masse énorme, le flambeau tendu comme une promesse. A qui? Et pour quand? Mais tout cela avait alors un autre sens : c'était un pèlerinage, et en même temps un talisman, une sorte de baptême pour la première opération. C'est peut-être pour Dolores, pensa-t-il, il le faisait pour elle, à sa mémoire, c'était un acte renouvelé et continu, comme s'il évitait de changer une habitude pour ne pas effacer un souvenir. Et c'est pour cela qu'il aimait aussi prendre l'autobus jusqu'à Brooklyn Heights, errer dans les rues aux masures délabrées du siècle passé; il croyait entendre encore sa voix, sa drôle de façon de prononcer « browstones » avec ce « s » si particulier des Sud-Américains, comme quand elle disait la « Cause », donnant l'impression qu'elle y mettait deux « s ». Comme Rossario. « Da Rosario », la glace à Little Italy, cela faisait aussi partie du rituel, hommage au temps jadis, Dolores aimait les Italiens, lui moins, malgré sa mère sicilienne; le vieil Italien était mort deux ans auparavant, maintenant c'était son fils qui était le propriétaire, personne ne se connaissait plus, visages anonymes, une glace à la pistache avec de l'eau de Seltz, s'il vous plaît. Avec Dolores, ils s'asseyaient à la table du coin, une vue de l'Etna encadrée et une guimbarde. Guimbarde guimbarde, il faut relever la garde, je suis fatigué. Il pensa : fatigué; la Cause; soirée à l'Opéra. Quelle idée géniale. Ils avaient parfois de ces idées! Il aurait aimé les rencontrer, un jour. Où étaient-ils, à New York, à Londres, à Genève, où? Ils administraient l'argent, envoyaient les ordres, le tout proprement, efficacement, en silence, à distance. Poste restante, prête-nom passer une fois par mois, parfois rien pendant des mois, rien de rien, silence, parfois un billet comme ça, du jour au lendemain : The Met, dimanche 2 novembre, quatrième rangée, *Rigoletto* scène sept, à remettre à « Sparafucil mi nomino », pourvoir au retrait

1. J'ai nom Sparafucile Sparafucile, littéralement « Tire-fusil », est le surnom du tueur à gages dans *Rigoletto.*

habituel, vive la Cause. Rien d'autre. Le billet d'entrée, le premier fauteuil du quatrième rang pour pouvoir surveiller toute la rangée en inclinant à peine la tête. Imbéciles. Et pour tout le reste, débrouille-toi. Tout le reste et ce n'était pas rien. Il alla aux toilettes et téléphona à Bolivar, dans le garage il y avait un bruit infernal, mais de toute façon la conversation était simple : tu l'as? Je l'ai. Je passe tout de suite. Je t'attends. Mais il ne raccrocha pas immédiatement, il savait qu'il enfreignait le règlement, mais il enrageait : ces idiots m'envoient au théâtre, ils veulent jouer les James Bond. Il déposa le récepteur avec dépit, comme si c'était la faute du téléphone, guimbarde, il faut relever la garde, et maintenant tout le reste. Pas si simple, tout le reste. D'abord l'hôtel, voyons il s'appelle... comment s'appelle-t-il? Il était passé devant, Dieu sait combien de fois, et maintenant le nom lui échappait, inutile. La vieillesse, voilà ce que c'était. Mais non, pas la vieillesse, vieil imbécile, ce sont ces idiots avec leurs petits jeux qui sont gâteux. Inutile, mieux vaut appeler les renseignements. Allô, mademoiselle, je voudrais le nom de trois ou quatre hôtels à Central Park, s'il vous plaît, les meilleurs, et les numéros de téléphone. Un instant. Tu parles d'un instant, une éternité. Du comptoir, Rosario junior lui signale que sa glace à la pistache est en train de fondre; oui, allez-y, j'écris. *Plaza, Pierre Hotel, Mayfair, Regent, Park Lane, Waldorf-Astoria.* Ça suffit, merci. Et maintenant allons-y, essayons, de toute façon la glace a fondu, Rosario junior peut la jeter. Au *Plaza*, complet, naturellement, cette ville est pleine de riches. Même chose au *Pierre*. Ah! si ça pouvait aller au *Mayfair*, il y a un restaurant chic, *le Cirque*, il y était allé une fois, au moins un bon repas après le spectacle; pouvez-vous me trouver une chambre, je vous en prie, c'est pour une seule nuit. Désolé, monsieur, c'est complet, inutile d'insister. Va au diable. Au *Park Lane*, enfin, c'était impossible qu'il n'y eût pas une chambre libre sur quarante-six étages; confirmé monsieur Franklin; bonsoir et merci. Quelle fatigue. Mais maintenant tout était en ordre, il irait retirer le paquet le lendemain, mieux vaut ne pas dormir avec tout cet argent chez soi, et le smoking aussi, il pouvait le louer le lendemain, il avait le temps; mais maintenant Bolivar l'attendait, eh bien, qu'il attende! Il était sorti et avait pris un taxi pour Battery Park, car à présent il avait envie de faire une caresse à la statue de la Liberté, son vieux rituel, et puis de regarder la mer et les mouettes posées sur un banc et de penser à Dolores. Il lança un bouchon dans l'eau, eau sale, asphalte sale, même la Liberté était sale, cette ville est sale. Deux femmes en imperméable transparent lui tendirent un appareil photo en disant s'il vous plaît, et elles posèrent avec le sourire forcé des gens qui se font prendre en photo. Il les cadra en essayant de prendre aussi un bout des gratte-ciel, comme elles le voulaient; il pensa à l'étrangeté de ce petit œil qui s'ouvrait et se refermait, clic, et un instant mort restait prisonnier, éternel et unique. Clic, merci, de rien, bonsoir, clic, un instant, dix années passées en un instant, Dolores disparue, irremplaçable, et pourtant elle était là il y a un instant et souriait aux gratte-ciel, à cet endroit précis, clic, dix ans. Soudain il sentit ces dix années peser sur ses épaules, et ses cinquante ans aussi, lourds comme les tonnes de ce colosse de métal et de pierre; autant aller chez Bolivar, comme ça il n'y penserait plus, et en chemin il pouvait louer le smoking, c'était une folie de garder tout cet argent jusqu'au lendemain, une autre infraction au règlement, mais eux aussi ils étaient fous de lui faire faire une livraison de ce genre, qu'est-ce qu'ils attendaient de lui, une preuve de son efficacité, ou la preuve qu'il n'était pas trop vieux? Une première au Metropolitan, smoking et milliers de dollars comptants, quelle bonne blague.

C'était une blague, Bolivar, je blaguais. Il préféra une excuse ridicule, il avait déjà été trop imprudent. La grosse tête frisée de Bolivar, le bureau vitré dans le garage bruyant, le paquet dans du papier d'emballage marron; bien sûr, mon vieux, une bonne blague fait parfois du bien, à propos, comment vont les affaires? Je ne me plains pas, les accidents de voiture augmentent, ah! ah! Bolivar. Cette figure de Gitan avec des yeux de chien obéissant, le bleu de travail Firestone, dix ans comme ça, une amitié sans amitié, jamais rien demandé, jamais rien dit : qui es-tu, que fais-tu, où vas-tu, comment vis-tu, rien. Une poignée de main, comment vont les affaires, tu veux une cigarette, ça c'est pour toi. Mais qui te la donne, la marchandise, Bolivar, où la prends-tu, qui te l'apporte, j'aimerais savoir. Bolivar le regarda les yeux écarquillés; mais qu'est-ce que tu me demandes, qu'est-ce qui te prend? Rien, comme ça, une curiosité soudaine, je vieillis. Mais tu es jeune, toi, Franklin. Je vieillis, je le sais, et eux aussi ils le savent, bientôt je ne leur servirai plus, ils se débarrasseront de moi, tu sais comment ça se passe, Bolivar, tu pourrais même être chargé de le faire, un jour, un ordre t'arrive. Mais qu'est-ce que tu dis, Franklin? Rien, je plaisantais, Bolivar, aujourd'hui j'ai envie de plaisanter, j'ai pris une photo de deux touristes et, le temps d'un déclic, dix années ont passé, ce sont des choses qui arrivent. Je t'accompagne jusqu'à la porte, Franklin, mais à propos, c'est vrai qu'ils t'envoient au théâtre, quel théâtre? Mais qu'est-ce que tu me demandes, Bolivar, qu'est-ce qui te prend, ce sont des choses qui ne se demandent pas, à bientôt. Moi aussi je blaguais, Franklin, *hasta la vista*.

***

Pour convaincre le chauffeur de taxi de le conduire de l'hôtel au Metropolitan, à quelques mètres, il lui fourra un billet de cinquante dollars sous le nez. Pas question de discuter avec qui que ce soit et encore moins de courir le risque de faire cent mètres à pied avec tout cet argent sur soi, et puis habillé comme ça, c'était dire : voyous, me voilà. Le chauffeur prit l'argent et n'actionna même pas le taximètre. Un chauffeur avec nœud papillon, de ceux qui stationnent devant le *Park Lane*, bien élevés, une espèce rare. Il descendit au milieu de la foule. Éclairage comme en plein jour, les snobs devant la fontaine lumineuse, les dames en robe longue, du beau monde. Le hall était déjà plein, il laissa écharpe et pardessus au vestiaire et regarda autour de lui. Le contact n'y était pas, il le sentait. Il alla au foyer du rez-de-chaussée, une orangeade et une olive, merci, le contact était là, parmi ces gens. Parfois, il l'avait repéré du premier coup d'œil, mais il s'agissait de lieux faciles : la bibliothèque de l'Association Hispanique, le rayon jouets des magasins Saks, l'office du tourisme à Colombus Circle. Il regarda autour de lui. Trop de monde. Trop de lumière. Trop de velours rouge. Il entra dans la salle et gagna sa place, il voulait voir arriver ses voisins, ce serait plus facile. Il y avait déjà pas mal de monde. Il commença à scruter les visages. Un Japonais d'une trentaine d'années, lunettes à monture dorée, expression impénétrable, profession insoupçonnable. Un intellectuel quinquagénaire, accompagné d'un jeune homme blond, mains soignées, visage délicat. Un couple d'âge mûr, lui, genre avocat de Boston. Une jeune fille blonde et un monsieur âgé, difficile de dire s'ils étaient ensemble, si oui l'hypothèse était : un gros industriel et son amie, sûrement pas mariés, en tout cas lui, il portait une alliance. Ensuite arrivèrent deux couples, type jeunes mariés de province avec pas mal d'argent et un petit vieux dans un smoking trop large, deux hypothèses : régime amaigrissant intensif ou smoking de location. Et enfin, un jeune homme brun, fines moustaches noires, cheveux lisses, type sud-américain, qui s'assit à côté de lui. Le gong.

Et maintenant le roi s'amuse *. Mais quel roi, et de quoi? Roi de fantômes, de devinettes, il ne s'amusait pas. Le Duc si, il savait comment s'y prendre, « della mia bella incognita borghese toc-

* En français dans le texte.

car il fin dell 'avventura io voglio [1] », il le chanta avec la conviction des vedettes qui savent que la soirée leur appartient, vous êtes venus de tous les coins de New York pour m'écouter, je suis le meilleur ténor du monde, voici ma carte de visite. Et aussitôt les applaudissements. Public facile de première mondaine. La mise en scène était vulgaire, avec un palais de Mantoue tout juste bon pour un studio de cinéma, trop rose et trop bleu, il vaut mieux se reposer les yeux. Il inclina légèrement la tête et observa sa rangée. La blonde avait mis des lunettes de soirée aux branches incrustées de strass, et elle semblait très concentrée. Celui qui semblait être son compagnon avait l'air plus distrait, ses yeux suivaient la Comtesse de Ceprano qui traversait la scène en compagnie d'une dame, les mezzo-sopranos ont parfois des formes généreuses sans excès, type de beauté idéale pour un industriel sexagénaire, « anco d'Argo i cent' occhi disfido se mi punge una qualche beltà [2] ». Le Japonais avait un tic à l'œil gauche, il le clignait deux fois de suite et puis il fronçait imperceptiblement le sourcil, sans offrir d'autres possibilités d'hypothèse. Les deux couples provinciaux rayonnaient de bonheur. Une des jeunes mariées, la moins laide, avait une petite trace de rouge à lèvres au coin de la bouche, peut-être la hâte d'arriver à temps et le maquillage refait dans le taxi; elle serait morte de honte si on le lui avait dit. L'intellectuel s'ennuyait, il devait être le seul à avoir assez bon goût pour ne pas

1. Ma belle bourgeoise inconnue je veux toucher le fond de l'aventure.

2. Je défie même les cent yeux d'Argus si quelque beauté me touche.

apprécier ce spectacle; son blondinet aussi avait l'air de s'ennuyer, sans doute pour la raison inverse. Le vieux monsieur en revanche semblait en extase, il accompagnait Monterone des lèvres, « tu che d'un padre ridi al dolore sii maledetto [1] ». Hypothèse : ce n'était pas un fin connaisseur, les fins connaisseurs ne se laissent pas enthousiasmer par une telle version. Autre hypothèse : c'était un sentimental, de ceux qu'émeuvent Caruso et les musiques napolitaines, mais ce genre-là ne fréquente pas les premières du Metropolitan. Le présumé Sud-Américain : jeune, élégant, l'air enjôleur, pas à sa place à l'Opéra; et le regard attentif, car il se sentait observé. Il tourna les yeux et l'observa à son tour, rapidement d'abord, puis avec un regard plus insistant. Le chœur entonna l'air final de la scène six, mais le Duc les domina tous, « più speme non c'è, un'ora fatale fu questa per te [2] ». Rideau, tonnerre d'applaudissements. Le jeune homme le regarda de nouveau et cligna de l'œil, puis il approcha la bouche de son oreille et lui murmura avec un accent italien très prononcé : il chante dans un italien déplorable, c'est un sot, tous les ténors sont un peu sots. Et il sourit. Lui aussi sourit et approuva d'un signe de tête. Franklin, tu t'es trompé, se dit-il. Il aurait voulu sortir.

Mais la mise en scène de la ruelle était passable, plus réaliste et moins tape-à-l'œil. Et le baryton, un excellent Rigoletto, et un bon acteur, demanda comment l'on paie d'habitude : « una

1. Toi qui ris de la douleur d'un père sois maudit.
2. Il n'y a pas de plus grand espoir, pour toi cette heure fut fatale.

metà si anticipa il resto si dà poi [1] », chanta Sparafucile. Alors il tourna complètement la tête et regarda ostensiblement la rangée. Ah! Quelle lenteur, cette direction, tout se traînait, avec des pauses excessives; il devança par cœur les répliques, les phrases, puis s'arrêta et attendit. Voilà, nous y sommes : Sparafucile porta une main sur son cœur d'un geste grandiloquent et tendit l'autre bras, « Sparafucile mi nomino », la fille blonde tourna la tête de trois quarts et leurs regards se croisèrent, elle fit un léger signe d'assentiment, sa bouche était malicieuse, presque souriante; puis elle fixa de nouveau la scène et ne se retourna plus. Un autre fiasco, Franklin. Puis il pensa : ce n'est pas possible. Il passa la main sous son veston, l'argent était réparti uniformément sous la large bande élastique autour de sa taille, il le toucha pour s'assurer que tout était en place, ferma les yeux et sa conscience abandonna la salle, la musique, en un instant il fut loin, dans l'espace et dans le temps.

Il l'attendit à l'écart de la foule du foyer, au fond du couloir; elle arriva avec son vague sourire et s'avança vers lui, sûre d'elle et résolue. C'était le contact, il n'y avait aucun doute. Bonsoir, vous voulez boire quelque chose? Non, merci, je préférerais effectuer l'opération immédiatement, vous avez sans doute laissé une boîte de chocolats au vestiaire, voulez-vous que nous échangions les tickets? Si vous avez l'argent sur vous, allons au téléphone, comme ça j'utiliserai ce sac de soirée, j'ai dû faire toute la ville pour en trouver un aussi grand. Voix ferme, indifférente. Pommettes hau-

1. La moitié se paie d'avance, le reste se donne après.

tes, yeux marron, belle. Trente ans, quarante? Difficile de lui donner un âge précis. Elle alluma une cigarette et le regarda tranquillement. Désinvolte, professionnelle. Pas maintenant, dit-il, je suis désolé, ce n'est pas le moment, à la fin du spectacle, si votre industriel ne s'en mêle pas. Quel industriel? Celui qui est assis à côté de toi. Ne dis pas de bêtises, je suis venue toute seule, l'autre je ne l'ai jamais vu; mais je ne comprends pas pourquoi tu me fais attendre la fin. Tu comprendras après.

***

Mais pourquoi, après tout? Est-ce qu'il le comprenait, lui? Il ne le comprenait pas et n'avait pas envie d'y penser. Comme ça. Parce que je suis fatigué. Parce que j'ai pris une photo. Parce que Dolores n'est plus là, parce que trop de temps a passé, parce que parce que parce que. Parce que. Parce que je veux aller souper, viens souper avec moi. Ils quittèrent la salle tandis que le public debout rappelait le ténor. Elle le suivit en silence. Au vestiaire, il retira écharpe et pardessus et montra les paumes de ses mains, rien dans les mains rien dans les poches, pas de chocolats à la consigne, j'ai laissé l'argent à l'hôtel, si tu le veux viens le chercher, mais je vais d'abord souper, j'ai une faim de loup, je n'ai pas mangé depuis hier, qu'une glace à la pistache fondue. Tu es à quel hôtel? Eh non, si tu veux l'argent, viens souper avec moi, si tu n'as pas faim, tu n'as qu'à me regarder manger. Elle rit et lui prit le bras, décidons-nous dans le taxi. Moi je dirais le *Lutèce*, cuisine française, la meilleure de New York, cette soirée mérite un repas français. D'accord. Silence durant le trajet, à part ceci : tu ne suis pas les règles, tu devais me remettre la marchandise au théâtre. C'est vrai, j'en conviens, mais pensons plutôt à la cuisine française, ce qui est fait est fait.

Ils choisirent une table discrète. Garçon, veuillez ne laisser qu'une bougie, nous désirons une lumière tamisée. Et si on faisait des folies? D'accord. Alors des huîtres pour commencer, le champagne pas trop glacé, comment t'appelles-tu? Ça n'a pas d'importance. Moi je m'appelle Franklin, comment t'appelles-tu? Appelle-moi comme bon te semble. Parfait, Commebontesemble, c'est un beau prénom, on dirait plutôt un nom de famille, mais si tu veux, Commebontesemble. On commence parfois comme ça, par une plaisanterie, puis la conversation coule de source et poursuit son cours, si le courant passe. Il passait, le vin aidant. Il parla presque tout le temps : l'East River, il y a si longtemps, et les voyages au Mexique, et puis les enthousiames, les amis disparus, rien que des fantômes. Je suis fatigué, dit-il, je suis seul, ça suffit. Ananas à la liqueur comme dessert, et deux cafés. Garçon, apportez-moi aussi une grosse boîte de chocolats, s'il vous plaît. Il s'excusa et alla aux toilettes, il versa les chocolats dans le panier et remplit la boîte avec les dollars, paya l'addition en passant, acheta une rose à la fille du tabac et la glissa dans la boîte. Voilà, dit-il en revenant, ce sont des chocolats de marque, je les avais sur moi, pardonne-moi la comédie. Elle y jeta un coup d'œil. Pourquoi as-tu fait ça? J'avais besoin de compagnie, il y a trop longtemps que je mange seul, j'espère que tu as apprécié le repas, et maintenant excuse-moi, je vais dormir, merci pour la soirée, Commebontesemble, bonne nuit, je crois qu'on ne se reverra plus.

En traversant la salle, il laissa un bon pourboire au garçon, merci, monsieur, au revoir *, ses jambes le portaient parfaitement, juste un peu d'ivresse, mais pas de vertige, une sensation agréable. Elle arriva quand il était déjà dans le taxi et entra d'un air décidé, je viens avec toi; il la regarda et elle lui sourit, moi aussi je suis seule, passons un bon moment ensemble, juste pour ce soir. Tu es responsable, Commebontesemble, conduisez-nous au *Park Lane*, s'il vous plaît.

Laissons les rideaux ouverts, comme ça on voit la ville et la nuit, New York est belle vue du quarantième étage, que de lumières, que de monde, que d'histoires derrière toutes ces fenêtres, embrasse-moi, on est bien ici, regarde cet édifice, on dirait un transatlantique, s'il commençait à bouger et à appareiller dans la nuit, je trouverais cela tout à fait naturel. Moi aussi. Comment t'appelles-tu, Commebontesemble c'est vraiment un nom de famille, dis-moi ton prénom, invente ce que tu veux. « Sparafucile mi nomino. » C'est mieux, Sparafucile Commebontesemble, ce fut merveilleux, j'ai eu l'impression de t'aimer d'un amour véritable, ça ne m'était pas arrivé depuis si longtemps, excuse-moi, je vais un moment à la salle de bains.

Les lumières des salles de bains, toujours mauvaises, toujours trop crues, même pour une loge

* En français dans le texte.

d'acteur. Il se regarda dans la glace. Sous la lumière trop forte des lampes sa calvitie était épouvantable, mais ça lui était égal. Il se rinça la bouche et se massa les tempes. Il se sentait même capable de siffler. Sur la tablette de marbre, elle avait posé sa petite trousse de maquillage. Sans savoir pourquoi, il l'ouvrit, on fait parfois des gestes comme ça, par intuition. C'est bizarre de se découvrir dans une trousse de maquillage. Sa photo était entre la poudre et le petit miroir. Prise au téléobjectif, en pied, dans la rue, Dieu sait où. Il la tint entre les doigts pendant quelques secondes, avant de réussir à formuler une idée claire. Elle ne pouvait pas savoir qui il était, elle ne pouvait pas le connaître. Elle ne devait pas. Il regarda l'instantané et observa son image granuleuse comme le sont les photographies prises au téléobjectif : un homme anonyme dans la foule, le visage un peu marqué, maigre. Franklin. Il imagina immédiatement le cercle du fusil à lunette qui visait sa figure ou son cœur. Clic. En tournant la poignée, il pensa au grand sac de soirée qu'elle avait avec elle, à présent il savait qu'il ne contenait pas seulement l'argent, s'il avait voulu, il aurait pu le comprendre plus tôt. Il pensa qu'il regrettait, pas la chose en soi, mais tout le reste, parce que ça avait été agréable, et il aurait voulu lui dire qu'il regrettait que Sparafucile soit justement elle, quel dommage, c'était vraiment drôle, alors que tout paraissait différent. Mais il savait qu'il n'aurait pas le temps.

CINÉMA

1

La petite gare était presque déserte. C'était une petite gare de la Riviera, avec des palmiers et des agaves à côté de bancs en bois. Au-delà du portail en fer forgé, une ruelle conduisait au centre-ville : au fond, un escalier en pierre descendait jusqu'à la plage.

Le chef de gare sortit de la cabine vitrée des commandes et marcha sous la marquise jusqu'aux quais. C'était un homme gras avec des moustaches. Il alluma une cigarette et regarda d'un air sceptique le ciel chargé de nuages. Il tendit une main en dehors du toit pour voir s'il pleuvait, puis il fit volte-face et glissa ses mains dans ses poches, l'air absorbé. Les deux ouvriers qui attendaient le train, assis sur un banc sous le panneau indiquant le nom de la localité, lui firent un bref salut et il répondit d'un signe de tête. Sur l'autre banc était assise une vieille dame vêtue de noir, avec une valise fermée par une ficelle : le chef de gare regarda de chaque côté des quais, la sonnerie qui annonce l'arrivée des trains commença à retentir et il rentra dans son bureau.

A ce moment-là la jeune fille entra par le portail. Elle avait une robe à pois, des chaussures lacées autour de la cheville et une veste bleue en tricot. Elle marchait rapidement, comme si elle avait froid, une masse de cheveux blonds flottait sous son foulard. Elle avait à la main une petite valise et un sac en paille. Un des ouvriers la suivit du regard et donna un coup de coude à son compagnon qui regardait ailleurs. La jeune fille regarda par terre avec indifférence et entra dans la salle d'attente, fermant la porte derrière elle. La salle était déserte. Dans un coin, il y avait un gros poêle en fonte et la jeune fille s'en approcha, espérant sans doute qu'il était allumé. Elle le toucha et, l'air désappointé, posa dessus son sac en paille. Puis elle s'assit sur un banc et frissonna en se prenant le visage dans les mains. Elle resta longtemps dans cette position, comme si elle pleurait. Elle était belle, avait les traits délicats et les chevilles fines. Elle enleva son foulard et arrangea ses cheveux en secouant la tête. Elle parcourut du regard les murs de la salle, comme si elle cherchait quelque chose. Il y avait des affiches pleines de menaces avec les instructions des forces d'occupation pour la population, et des avis de recherche avec des photos. La jeune fille regarda encore autour d'elle, l'air égaré, puis elle prit le sac qu'elle avait posé sur le poêle et le déposa à ses pieds, comme si elle voulait le protéger de ses jambes. Elle se serra les épaules et releva le col de sa veste. Ses mains étaient inquiètes, et on voyait qu'elle était très nerveuse.

La porte s'ouvrit toute grande et un homme entra. Il était grand et maigre, portait un imperméable clair serré par une ceinture et un chapeau de feutre abaissé sur son visage. La jeune fille bondit et poussa un petit cri qui se mourut dans la gorge : « Eddie! »

L'homme mit un doigt sur ses lèvres et avança vers elle. Il sourit et la prit dans ses bras. La jeune fille laissa aller la tête sur sa poitrine en l'embrassant. « Oh Eddie! », murmura-t-elle quand elle se détacha de lui, « Eddie! ».

L'homme la força à s'asseoir et alla jusqu'à la porte, regardant dehors d'un air furtif. Puis il s'assit à côté d'elle et tira de sa poche quelques feuilles pliées. « Tu les remettras directement au major anglais », dit-il, « après je t'expliquerai comment ».

La jeune fille les prit et les glissa sous son tricot. Elle semblait apeurée et ses yeux étaient pleins de larmes. « Et toi? » demanda-t-elle.

Il eut une expression contrariée. Au même moment, on entendit le bruit d'un convoi et un train de marchandises défila dans le cadre de la porte. L'homme enfonça son chapeau sur son front et plongea son visage dans le journal. « Va voir ce qui se passe. »

La jeune fille alla jusqu'à la porte et jeta un coup d'œil à l'extérieur. « C'est un train de marchandises, les deux ouvriers qui étaient sur le quai y sont montés. »

« Il y a des Allemands? »

« Non. »

On entendit le sifflet du chef de gare, et le train repartit. La jeune fille revint vers l'homme et lui prit les mains. « Et toi? » répéta-t-elle.

L'homme plia le journal et le glissa dans sa

poche. « Ce n'est pas le moment de penser à moi », dit-il. « Maintenant explique-moi bien le calendrier de la compagnie. »

« Demain, nous serons à Nice, trois jours de spectacle. Samedi et dimanche, Marseille, puis Montpellier et Narbonne, un jour dans chaque ville : toute la côte. » « Ce sera à Marseille, dimanche », dit l'homme. « Après le spectacle, tu recevras les admirateurs dans ta loge. Fais-les entrer un par un. Il y en aura beaucoup qui t'apporteront des fleurs, parmi eux il y aura sûrement des espions allemands, mais aussi certains des nôtres. Lis toujours les billets en présence du visiteur, car tu ne peux pas savoir comment se présentera celui auquel tu dois remettre les informations. »

La jeune fille l'écoutait avec attention. L'homme fit une petite pause et alluma une cigarette. « Sur un billet, il y aura cette phrase : *fleurs pour une fleur* *. Remets les documents à l'homme qui t'apportera ces fleurs, c'est lui le major. »

Sur le quai, la sonnerie recommença à retentir, et la jeune fille regarda sa montre. « Le train sera là dans quelques minutes et... Eddie, je t'en prie... »

L'homme ne la laissa pas finir. « Parle-moi plutôt du spectacle, demain j'essaierai de l'imaginer. »

« Il y a toutes les filles de la compagnie », répondit-elle sans enthousiasme, « chacune imite une actrice de maintenant ou d'autrefois, c'est ça le spectacle. »

* En français dans le texte.

« Et le titre? » demanda-t-il avec un sourire.

« Cinéma Cinéma. »

« C'est un beau titre. »

« C'est une catastrophe », dit-elle, convaincue, « c'est Saverio qui a fait les chorégraphies, et moi je danse avec un costume dans lequel je trébuche, je suis Francesca Bertini. »

« Attention », plaisanta-t-il, « les actrices de tragédie ne tombent pas ».

La jeune fille cacha de nouveau son visage dans ses mains et commença à pleurer. Elle était plus belle que jamais avec les yeux pleins de larmes. « Viens, Eddie, je t'en prie, viens avec moi », murmura-t-elle.

L'homme essuya ses larmes avec douceur, mais sa voix se durcit, comme s'il devait résister à une grande tentation. « Arrête, Elsa », dit-il, « essaie de comprendre la situation ». Puis il prit un ton légèrement ironique. « Comment crois-tu que je pourrais passer, déguisé en danseuse avec une perruque? »

La sonnerie se tut. On entendit le bruit du train qui arrivait. L'homme se leva et mit ses mains dans ses poches. « Je t'accompagne sur le quai. »

La jeune fille secoua la tête d'un air décidé. « Je ne veux pas, c'est dangereux. »

« Je t'accompagne quand même. »

« Je t'en prie. »

« Une dernière chose », dit-il en marchant, « je sais que le major est un homme galant, ne sois pas trop gentille avec lui ».

La jeune fille le regarda, suppliante. « Oh Eddie! » s'exclama-t-elle d'un ton déchirant en lui offrant sa bouche.

Il resta un instant interdit, l'air embarrassé, comme s'il n'avait pas le courage de l'embrasser. Puis il lui donna un baiser presque paternel sur la joue.

« Stop! » cria le clapman. « Interruption! »

« Pas comme ça! » tonna la voix du metteur en scène dans le mégaphone, « il faut refaire la dernière partie! »

C'était un homme jeune, barbu, il avait une longue écharpe autour du cou. Il descendit de son siège mobile placé derrière la caméra et se dirigea vers eux. « Pas comme ça! » lança-t-il, déçu. « Il faut un baiser passionné, comme autrefois, comme dans le premier film. » Pour montrer ce qu'il voulait il serra l'actrice de son bras gauche, l'obligeant à se courber en arrière. « Penchez-vous sur elle et embrassez-la avec passion », dit-il à l'acteur.

Et puis il cria à l'intention de tous : « Pause! »

2

Le café de la petite gare était envahi par la troupe qui se pressait vers le comptoir. Elle resta sur le pas de la porte, ne sachant trop que faire, pendant que lui se perdait dans la foule. Il réapparut peu après, portant deux cafés en équilibre et lui fit un signe de tête indiquant l'extérieur. Derrière la baraque du café, il y avait une petite cour rocailleuse, couverte par une tonnelle de vigne, qui servait aussi de débarras pour le bar. Il y avait des caisses de boissons vides et de vieilles chaises bancales sur lesquelles ils s'installèrent en en employant une comme table.

« Nous sommes arrivés à la fin », dit-il.

« Il s'est obstiné à tourner la dernière scène en dernier lieu », répondit-elle, « je n'ai pas compris pourquoi ».

Il secoua la tête. « C'est *moderne* », dit-il en appuyant sur l'adjectif, « cela semble sorti des *Cahiers du Cinéma*. Fais attention, le café est brûlant ».

« Je ne comprends quand même pas », dit-elle.

« En Amérique, ils sont différents? »

« Je crois que oui », dit-elle avec assurance, « moins prétentieux, moins... intellectuels ».

« Mais celui-ci est bon. »

« De toute façon, dans le temps, on ne faisait pas comme ça », répliqua-t-elle.

Ils se turent, sirotant leur café. Il était onze heures du matin et la mer scintillait. On l'apercevait au-delà de la haie de troènes qui longeait le mur de la petite cour. Le soleil avait percé les nuages et le temps semblait se mettre au beau. Les feuilles de vigne de la tonnelle étaient d'un rouge flamboyant et le soleil faisait des taches de lumière sur le gravillon du terrain.

« Quel automne splendide! » dit-il en regardant le toit de feuilles. Et puis il continua, l'air absorbé : « Dans le temps... Cela fait un certain effet de te l'entendre dire. »

Elle ne répondit pas et enlaça ses genoux en les serrant contre sa poitrine. Elle aussi avait l'air absorbé, comme si elle pensait seulement maintenant à ce que signifiaient ses paroles. « Pourquoi as-tu accepté de le faire? » demanda-t-elle.

« Et toi? »

« Je ne sais pas, mais c'est moi qui ai posé la question la première »

« Par illusion », dit-il, « en somme... revivre... voilà, quelque chose de ce genre, je ne sais pas exactement. Et toi? »

« Je ne sais pas exactement, moi non plus, la même chose, je crois. »

Le metteur en scène arriva par le chemin qui contournait le café. Il semblait très content et tenait en main une chope de bière. « Voilà où s'étaient cachées les vedettes! » s'exclama-t-il, et il s'abandonna sur une des chaises avec un soupir de satisfaction.

« S'il vous plaît, ne venez pas nous embêter avec vos théories sur la beauté de la prise directe », dit-elle, « vous nous avez déjà fait suffisamment la leçon ».

Le metteur en scène ne le prit pas mal et se mit à bavarder avec désinvolture. Il parla du film et de la signification de cette nouvelle version; il dit pourquoi il avait choisi les mêmes acteurs après si longtemps et pourquoi il voulait donner un ton aussi souligné à son *remake*. Choses déjà dites, on le voyait très bien à l'indifférence de ceux qui l'écoutaient, mais, de toute évidence, ça lui faisait plaisir de le dire, c'était comme s'il parlait tout seul. Il finit sa bière et se leva. « Il faudrait qu'il pleuve », dit-il en s'éloignant, « ce serait dommage de tourner la dernière scène avec les pompes ». Avant de disparaître, il précisa : « On reprend dans une demi-heure. »

Elle regarda son compagnon d'un air interrogatif et haussa les épaules en secouant la tête.

« Dans la dernière scène, il pleuvait », dit-il alors, « je restais sous la pluie ».

Elle rit et lui posa une main sur l'épaule, comme pour dire qu'elle le savait très bien.

« En Amérique, on le passe encore? » demanda-t-il avec une expression un peu stupide.

« Mais tu oublies que le metteur en scène nous l'a fait revoir onze fois! » dit-elle en riant, encore plus fort. « De toute façon, en Amérique, il passe encore dans les ciné-clubs quelquefois. »

« Ici aussi », dit-il. Et puis tout à coup, il lui demanda : « Comment va le major? »

Elle le regarda d'un air interrogatif.

« Howard », précisa-t-il, « je t'avais bien dit de ne pas être trop gentille avec lui, mais évidemment tu n'as pas suivi mon conseil, même si, finalement, la scène n'a pas été intégrée dans le film ». Il sembla réfléchir un moment. « Je n'ai jamais compris pourquoi tu l'as épousé. »

« Moi non plus », dit-elle d'un ton un peu puéril, « j'étais très jeune ». « Son expression se relâcha, comme si elle avait abandonné sa méfiance et ne voulait plus mentir. « Je voulais te faire marcher », dit-elle calmement, « ce fut la première bonne raison, mais peut-être que je ne le savais pas vraiment. Et puis, je voulais aller en Amérique ».

« Et Howard? » redemanda-t-il.

« Très vite notre mariage a été un échec, il n'était pas fait pour moi, et moi je n'étais pas faite pour le cinéma. »

« Tu es complètement disparue des écrans, pourquoi as-tu arrêté de jouer? »

« C'était difficile de continuer ce métier pour quelqu'un comme moi, qui avais fait un film à succès par hasard, parce que j'avais réussi un bout d'essai. En Amérique, ce sont des professionnels; un jour j'ai fait une série de téléfilms pour une chaîne télévisée : c'était une vraie catastrophe, ils me faisaient jouer une femme riche, un peu acerbe, blessante, tu trouves que c'est mon genre? »

« Je ne crois pas. Tu as l'air d'une femme heureuse. Tu es heureuse? »

Elle sourit. « Non », dit-elle, « mais il y a beaucoup de choses dans ma vie ».

« Par exemple? »

« Une fille, par exemple. C'est une enfant adorable, elle est en troisième année à l'université, on s'aime beaucoup. »

Il la regarda comme s'il ne la croyait pas.

« Plus de vingt ans se sont écoulés », dit-elle, « presque toute une vie ».

« Tu es encore très belle. »

« C'est le maquillage, je suis pleine de rides. Je suis presque grand-mère. »

Ils restèrent longtemps silencieux. Du café arrivait le bruit des voix, quelqu'un mit une pièce dans le juke-box. Il était sur le point de parler, mais il regardait par terre comme s'il ne trouvait pas ses mots. « Je voudrais que tu me parles de ta vie, depuis le début du film je veux te le demander et c'est seulement maintenant que je me décide. »

« Bien sûr, répondit-elle avec enthousiasme, « moi aussi, j'aimerais que tu parles de la tienne ».

A ce moment-là, arriva mademoiselle Ferraretti, la secrétaire de production. C'était une petite maigre, laide et pétulante, avec des lunettes rondes et une petite queue de cheval. « Madame, maquillage! » cria-t-elle, « on tourne dans dix minutes ».

3

La sonnerie de la gare se tut. On entendit le bruit du train qui arrivait. L'homme se leva et mit ses mains dans ses poches. « Je t'accompagne jusqu'au quai. »

La jeune fille secoua fermement la tête. « Je ne veux pas, c'est dangereux. »

« Je t'accompagne quand même. »

« Je t'en prie. »

« Une dernière chose », dit-il en marchant, « le major est un homme jeune et galant, ne sois pas trop gentille avec lui ».

La jeune fille le regarda, suppliante. « Oh Eddie! » s'exclama-t-elle d'un ton déchirant en lui offrant sa bouche.

Il lui passa un bras autour de la taille, l'obligeant à se courber lentement en arrière. Il approcha lentement sa bouche de la sienne en la regardant dans les yeux et l'embrassa avec passion. Ce fut un baiser long et intense, on entendit un murmure d'approbation et quelqu'un siffla.

« Stop! » cria le clapman. « Fin de scène! »

« Déjeuner », annonça le metteur en scène dans le mégaphone, « on reprend à quatre heures ».

La troupe se dispersa. Certains se dirigèrent vers le café, d'autres rejoignirent les caravanes sur la petite place devant la gare. Il enleva son imperméable et le mit sur son bras. Ils sortirent les derniers sur le quai désert et se dirigèrent vers le bord de mer. Un rayon de lumière éclairait les maisons roses sur le port et la mer était d'un bleu clair, presque transparent. Une femme apparut sur une terrasse, une bassine sous le bras, et commença à étendre son linge. Elle suspendit soigneusement des pantalons et des chemisettes d'enfant. Puis elle actionna une poulie, et les vêtements glissèrent le long du fil tendu d'une maison à l'autre, flottant comme des drapeaux. A cet endroit les maisons avaient des arcades sous lesquelles il y avait des bancs recouverts d'une toile cirée. Certains étaient décorés d'ancres peintes en bleu avec l'inscription *Spécialités de fruits de mer*.

« Dans le temps, il y avait une pizzeria ici », dit-il, « je m'en souviens très bien, elle s'appelait *Da Pezzi* ».

La femme regarda par terre et ne répondit pas.

« C'est impossible que tu ne t'en souviennes pas », poursuivit-il, « il y avait un panneau qui disait : *Pizza à emporter*, et je t'ai dit : emportons une portion de pizza de chez *Pezzi*, et tu as ri ».

Ils descendirent le petit escalier d'une ruelle qui passait sous une arcade. Leurs pas résonnaient sur les pavés luisants et ça donnait l'impression que c'était l'hiver, avec ce claquement limpide des sons dans l'air froid. Pourtant une brise tiède soufflait, et il y avait une odeur de jasmin. Les magasins du bord de mer étaient fermés et les chaises des cafés étaient entassées les unes sur les autres, à côté des tables rangées les pieds en l'air.

« La saison est finie », observa la femme.

Il la regarda à la dérobée, essayant de saisir quelque allusion, puis il détourna la conversation.

« Tiens, il y a un restaurant ouvert », dit-il en faisant un signe de la tête, « qu'en dis-tu? »

Il s'appelait *L'Arsella*, c'était une construction en bois et en verre, plantée sur pilotis au bord de la mer, à côté des cabines de bain. Aux piquets étaient attachées deux barques qui se balançaient dans l'eau. Certaines fenêtres avaient les stores baissés et les lampes étaient allumées sur les tables, malgré la belle lumière du jour. Les clients n'étaient pas nombreux : un couple d'Allemands silencieux, deux jeunes à l'air intellectuel, une dame blonde avec un chien : les derniers vacanciers. Ils s'assirent dans un coin, loin des autres. Le garçon les reconnut sans doute, car il arriva, prévenant et embarrassé, mais avec un air qui se voulait confidentiel. Ils commandèrent des soles grillées et du champagne en regardant l'horizon qui changeait de couleur au fur et à mesure que les nuages se déplaçaient avec le vent. Il y avait maintenant une nuance d'indigo sur la ligne d'horizon et le promontoire qui fermait le golfe était légèrement vert et argenté, comme un bloc de glace.

« C'est incroyable », dit-elle après un moment, « vingt jours pour un film, c'est absurde, certaines scènes, on ne les a tournées qu'une fois ».

« Méthodes d'avant-garde », répondit-il en souriant, « genre cinéma-vérité, mais faux. Aujourd'hui les tournages coûtent très cher et les films se font parfois comme ça ». Il s'était mis à faire des boulettes avec la mie de pain et les disposait en file devant son assiette. « Anghelopulos », murmura-t-il, avec ironie, « notre metteur en scène aimerait bien faire un film comme *le Voyage des comédiens*, le film dans le film, et nous en train de jouer notre propre rôle. Chansons d'époque et plans-séquences, d'accord; mais à la place du mythe de la tragédie, qu'est-ce qu'on met? »

Le garçon arriva avec le champagne et déboucha la bouteille. Elle leva sa coupe et porta un toast. Elle avait les yeux malicieux et brillants, pleins de reflets. « Le mélo », dit-elle, « on y met le mélo ». Elle but à petites gorgées et puis sourit franchement. « C'est pour cela qu'il a voulu une interprétation aussi forcée », poursuivit-elle, « nous avons pratiquement fait une caricature de nous-mêmes ».

Lui aussi leva son verre. « Et alors, vive le mélo », dit-il, « dans le fond les grands le sont aussi : Sophocle, Shakespeare, Racine, ce n'est que du mélo, et moi je n'ai fait que ça ces dernières années ».

« J'aimerais que tu me parles de toi », dit-elle.

« Tu veux vraiment? »

« Bien sûr. »

« J'ai une ferme en Provence et j'y vis quand je peux. Le paysage est doux, les gens cordiaux, je m'y trouve bien, j'aime les chevaux. » Il se mit à faire d'autres boulettes de pain, maintenant il avait formé deux cercles autour d'un verre, et ses mains s'amusaient à les déplacer l'une derrière l'autre, comme dans un jeu de patience.

« Ce n'est pas ça que je voulais dire », dit-elle.

Il appela le garçon et commanda encore du champagne. « J'enseigne au conservatoire », dit-il ensuite, « c'est ma vie, Créon, Macbeth, Henry VIII ». Il eut un sourire coupable. « C'est ma spécialité, les personnages au cœur dur. »

… regardait attentivement, intensément, … concentré, avec une espèce d'anxiété. « Et le cinéma ? » demanda-t-elle.

« Il y a cinq ans, j'ai fait une apparition dans un film policier, j'étais un détective privé américain, juste trois scènes, puis on m'assassinait dans un ascenseur. Mais le générique disait : avec la participation extraordinaire de, en grand sur l'écran. »

« Tu es un mythe », dit-elle avec conviction.

« Un débris », corrigea-t-il. « Comme ce mégot que j'ai à la bouche, voilà, regarde. » Il prit un air dur et désespéré, laissant la fumée de la cigarette qui pendait à sa lèvre lui voiler le visage.

« Ne fais pas ton Eddie », dit-elle en riant.

« Mais je suis Eddie », murmura-t-il en faisant le geste d'incliner un chapeau sur son front. Il remplit à nouveau les coupes et les leva. « Au cinéma. »

« Si on continue comme ça, on arrivera saouls sur le plateau, *Eddie* », dit-elle en insistant sur le nom avec son air malicieux.

Il ôta théâtralement son chapeau imaginaire et le porta sur son cœur. « Tant mieux, on sera plus mélo. »

Comme dessert, ils avaient demandé de la glace avec du chocolat chaud. Le garçon arriva d'un air triomphant, portant dans une main un plateau avec la glace et dans l'autre, la saucière avec le chocolat fumant. Pendant qu'il les servait, il leur demanda timidement, mais non sans quelques simagrées, s'ils pouvaient lui faire l'honneur de mettre leur signature sur le menu, et il eut un grand sourire de satisfaction quand ils acceptèrent.

C'était une grosse glace en forme de fleur, avec de petites cerises très rouges au centre de la corolle. Il en prit une avec les doigts et la mit dans sa bouche. « Écoute », dit-il, « changeons la fin ».

Elle le regarda, légèrement perplexe, mais ce n'était peut-être que l'expression d'une attente, comme si elle avait parfaitement compris et voulait une confirmation.

« Ne pars pas », dit-il, « reste avec moi ».

Elle baissa les yeux dans son assiette, comme si elle était embarrassée. « Oh, je t'en prie », dit-elle, « s'il te plaît ».

« Tu parles comme dans le film », dit-il, « c'est la même réplique ».

« On n'est pas dans un film ici », répondit-elle, presque irritée, « arrête de jouer, tu exagères ».

Il fit un geste de la main comme s'il voulait effectivement laisser tomber la conversation. « Mais moi je t'aime », dit-il à voix très basse.

Cette fois elle prit un ton de plaisanterie. « Bien sûr », dit-elle d'un air convaincu, « dans le film ».

« C'est la même chose, on est toujours dans un film. »

« Comment, toujours dans un film? »

« Toujours. » Il lui prit la main. « Faisons tourner la pellicule en arrière, retournons au début. »

Elle le regarda comme si elle n'avait pas le courage de répliquer. Elle le laissa caresser sa main et, à son tour, elle lui fit une caresse. « Tu oublies le titre du film », dit-elle en essayant de trouver une réplique, « on ne peut pas retourner en arrière ».

Le garçon arrivait, le visage radieux, agitant les menus pour les autographes.

4

« Tu es fou! » protesta-t-elle en riant, mais en se laissant entraîner, « ils seront fous furieux ».

Il la tira par la main sur l'embarcadère et allongea le pas. « Laisse-les », dit-il, « que ce prétentieux attende un peu, l'attente favorise l'inspiration ».

Sur le bateau, il n'y avait pas plus de dix personnes, installées sur les bancs à l'intérieur et sur les chaises en fer à l'arrière. C'étaient des habitants de la région, cela se voyait à leur habillement et à leur comportement qui dénotait une grande familiarité avec ce moyen de transport. Trois femmes qui bavardaient entre elles portaient des sacs en plastique avec la marque d'un grand magasin; de toute évidence, elles étaient venues des villages du golfe pour faire des achats en ville. Le contrôleur portait un pantalon bleu et une chemise blanche avec le sigle de la compagnie sur la poche. Ils lui demandèrent combien de temps il fallait pour faire l'aller et retour. Le contrôleur montra le golfe d'un large geste du bras et énuméra les villages où le bateau faisait escale. C'était un jeune homme aux moustaches blondes, avec un fort accent de la région. « Une heure et demie environ », dit-il, « mais si vous êtes pressés, il y a un bateau qui repart du premier village dès qu'on accoste, il sera ici dans quarante minutes ». Il indiqua le premier village sur la droite du golfe, une grappe de maisons claires, illuminées par le soleil.

Elle semblait encore indécise, partagée entre le doute et la tentation. « Ils seront furieux, il veulent finir les prises de vue ce soir. »

Il haussa les épaules et fit un geste d'insouciance. « Si on ne les finit pas aujourd'hui, ce sera pour demain », répliqua-t-il, « on a tourné le film à la journée, on nous en accordera bien une en plus ».

« Demain j'ai l'avion pour New York », dit-elle, « j'ai tout fixé, ma fille m'attend ».

« Madame, décidez-vous », dit poliment le contrôleur, « on doit lever l'ancre ».

La sirène du bateau siffla deux fois et le marin qui était sur l'embarcadère commença à larguer les amarres. Le contrôleur sortit son petit bloc et leur tendit deux billets.

« Vous serez mieux à l'avant », suggéra-t-il, « il y a un peu de vent, mais on sent moins la mer ».

Les chaises en fer-blanc étaient toutes libres, mais ils s'appuyèrent au bastingage pour regarder le paysage. Le bateau se détacha rapidement de l'embarcadère et fila. La ville s'éloigna en un instant, révélant sa topographie exacte de vieilles maisons disposées selon un ordre géométrique insoupçonné et logique, plein de grâce.

« La terre est plus belle vue de la mer », dit-elle. D'une main elle retenait ses cheveux décoiffés par le vent et deux taches rouges s'étaient dessinées sur ses pommettes.

« C'est toi qui es très belle », dit-il, « en mer, sur terre et partout ».

Elle rit et fouilla dans son sac à la recherche d'un foulard. « Tu es devenu très galant, tu n'étais pas comme ça avant. »

« Avant j'étais stupide, stupide et puéril. »

« Et pourtant tu me sembles plus puéril maintenant », dit-elle, « excuse-moi si je te le dis, mais c'est ce que je pense ».

« Non », dit-il, « tu te trompes, je suis seulement plus vieux ». Il lui jeta un regard inquiet. « Et maintenant, ne me dis pas que je suis vieux. »

« Non », dit-elle pour le tranquilliser, « tu n'es pas vieux. Mais les choses ne dépendent pas de ça ».

Elle sortit de son sac un étui en écaille et prit une cigarette. Il mit ses mains devant les siennes pour protéger l'allumette du vent. Maintenant le ciel était très bleu, malgré le rideau de nuages qui montait de l'horizon, et la mer était bleu foncé. Le premier village du golfe se rapprochait rapidement. On apercevait déjà parfaitement le clocher rose, avec son bulbe bombé et blanc comme une meringue. Un vol de pigeons s'éleva des maisons et vola vers la mer.

« La vie doit être belle et simple, là-bas », dit-il.

Elle acquiesça et sourit. « Peut-être parce que ce n'est pas la nôtre. »

On découvrait nettement l'autre bateau amarré dans le minuscule port. C'était une vieille embarcation, genre remorqueur. A la vue de l'autre bateau, il siffla trois fois, comme pour saluer. Quelques personnes se trouvaient sur l'embarcadère, attendant peut-être de monter à bord. Une enfant vêtue de jaune, donnant la main à une dame, sautillait sans arrêt comme un moineau.

« C'est cela que je voudrais », dit-il sans logique, « ne pas vivre la nôtre ». A son regard, il comprit que sa phrase était incompréhensible et se reprit. « Une vie heureuse parce que ce n'est pas la nôtre, comme celle que nous avons imaginée dans ce village qu'on voit d'ici. » Il lui prit les mains et l'obligea à le regarder, la fixant longuement, sans parler.

Elle se libéra en douceur et lui donna un baiser rapide. « Eddie », dit-elle tendrement, « mon cher Eddie ». Puis elle le prit par le bras et le tira vers la passerelle qui avait été installée pour la descente. « Tu es un grand acteur », dit-elle, « un vrai grand acteur ». Elle était joyeuse et pleine de vivacité.

« Mais c'est vraiment ça que je ressens », protesta-t-il faiblement en se laissant entraîner vers la sortie.

« Bien sûr », dit-elle. « Vraiment. Comme les vrais acteurs. »

5

Le train s'arrêta brusquement avec un crissement de roues et des bouffées de vapeur. La fenêtre d'un compartiment s'abaissa et cinq têtes de jeunes filles apparurent. Certaines avaient des cheveux platinés, avec des boucles sur les épaules et des frisettes sur le front. Elles commencèrent à rire et à jacasser en appelant : « Elsa, Elsa! » Une rousse voyante, avec un nœud vert dans les cheveux, cria aux autres : « La voilà! » et elle se pencha exagérément par la fenêtre en faisant de grands signes. Elsa allongea le pas et arriva à côté du wagon, serrant les mains joyeuses qui se tendaient vers elle. « Corinna! » s'exclama-t-elle à l'adresse de la rousse voyante, « comment t'es-tu accoutrée!? »

« Saverio dit que je lui plais comme ça », dit Corinna en clignant des yeux et en désignant de la tête l'intérieur du compartiment. « Monte vite, tu ne veux quand même pas rester dans cet endroit », dit-elle avec une petite voix aiguë. Puis elle poussa un petit cri : « Oh, les filles, c'est Rudolph Valentino! »

Toutes les filles se penchèrent et commencèrent à agiter leurs mains pour attirer l'attention de l'homme désigné par Corinna. Eddie fut obligé de sortir de derrière le panneau des horaires, sur le quai, et avança avec flegme, le chapeau sur les yeux. A ce moment précis, deux soldats allemands entrèrent dans la gare par le portail et se dirigèrent vers la cabine du chef de gare. Quelques secondes plus tard, le chef de gare sortit avec le drapeau rouge et alla vers la locomotive d'un pas rapide et maladroit à cause de sa corpulence. Les deux soldats s'étaient plantés en face de la cabine des commandes comme s'ils devaient garder quelque chose. Les filles étaient muettes et suivaient la scène, préoccupées. Elsa déposa sa valise par terre et regarda Eddie d'un air égaré. Il lui fit signe de continuer et s'assit sur un banc sous le panneau publicitaire de la Riviera, il sortit un journal de sa poche et y plongea son visage.

Corinna avait suivi la scène et semblait avoir tout compris. « Viens, chérie », cria-t-elle, « tu te décides à monter? » De la main, elle fit un salut frivole aux deux soldats qui la regardaient et arbora un sourire éclatant. Pendant ce temps, le chef de gare revenait, le drapeau rouge roulé sous le bras, et Corinna lui demanda ce qui se passait.

« Bien malin qui le sait », répondit le petit homme en haussant les épaules, « on dirait qu'il faut attendre un quart d'heure, mais je ne sais pas pourquoi, ce sont les ordres ».

« Oh, mais alors on peut descendre se dérouiller un peu les jambes, pas vrai, les filles? » piailla Corinna, toute joyeuse; et en un instant, elle se précipita hors du train, suivie par les autres. « Toi, monte », murmura-t-elle en passant à côté d'Elsa, « nous, on va les distraire ».

Le groupe se dirigea du côté opposé à celui où se trouvait Eddie, passant devant les soldats. « Mais il n'y a pas de buffet dans cette gare? » se demanda tout haut Corinna en regardant autour d'elle. Elle était parfaite dans sa façon d'attirer l'attention, se déhanchant ostensiblement et balançant son sac qu'elle avait passé en bandoulière. Elle portait une robe à fleurs très moulante et des sandales à semelles de liège. « La mer! », cria-t-elle. « Hé, les filles, regardez la mer, si c'est pas divin! » Elle s'appuya théâtralement au premier réverbère et mit une main devant sa bouche en prenant un air enfantin. « Si j'avais mon maillot, je défierais l'automne », dit-elle en secouant la tête, tandis que la cascade de boucles rousses ondoyait sur ses épaules. Les deux soldats la regardaient, stupéfaits, sans la quitter des yeux. Et alors Corinna eut une idée géniale. Ce fut peut-être le réverbère qui la lui suggéra, ou la nécessité de résoudre une situation qu'elle ne savait pas comment résoudre autrement. Elle abaissa sa chemisette en se découvrant les épaules, s'appuya au réverbère, balançant son sac, puis ouvrant les bras, elle s'adressa à un public imaginaire, clignant des yeux comme si tout le paysage était son complice. « On la chante dans le monde entier », cria-t-elle, « même nos ennemis! » Elle parla aux filles et battit des mains. C'était sûrement du spectacle, car elles se mirent en file, au garde-à-vous, bougeant les jambes en cadence, mais sans se déplacer, une main au front en signe de salut militaire. Corinna se tenait au réverbère d'une main et elle pivota autour d'un pas gracieux. Sa jupe flotta et découvrit ses jambes. « Vor der Kaserne vor dem grossen Tor, stand eine Laterne, und steht sie noch davor... so wollen wir uns da wiedersehen, bei der Laterne wollen wir stehen, wie einst Lili Marleen, wie einst Lili Marleen. »

Les filles applaudirent, un soldat siffla. Corinna remercia en plaisantant, avec une révérence, et se dirigea vers la fontaine à côté de la haie. Elle se mouilla les tempes du doigt, regardant attentivement la route qui courait au-dessous, puis elle rejoignit le marchepied du wagon, suivie par les filles. « Auf wiedersehen, mes mignons », cria-t-elle aux soldats en montant, « on s'en va, la tournée nous attend ».

Elsa l'attendait dans le couloir et la serra dans ses bras. « Oh, Corinna, tu es un ange », dit-elle en l'embrassant. « Laisse tomber », répondit Corinna avec un soupir, et elle commença à pleurer comme une enfant.

Les deux soldats s'étaient approchés du train et s'étaient mis à regarder les filles, ils échangeaient de petites phrases, l'un d'eux savait quelques mots d'italien. A ce moment-là, on entendit un bruit de moteur, et une voiture noire déboucha de la grille du fond, parcourut tout le quai de la gare et s'arrêta en tête du convoi, à côté du premier wagon. Les filles se penchèrent pour essayer de voir ce qui se passait, mais la voie ferrée faisait une courbe, et on ne voyait pas grand-chose. Eddie n'avait pas bougé du banc, apparemment plongé dans la lecture du journal qui lui cachait le visage. « Qu'est-ce qui se passe, les filles? » demanda Elsa en essayant de se montrer indifférente, tout en rangeant ses affaires dans le filet. « Rien », répondit l'une d'elles, « ce doit être une grosse légume, mais il est en civil, il est monté en première. »

« Mais il est seul? » demanda Elsa.

« On dirait », dit la fille, « les soldats se sont mis au garde-à-vous, et ils ne montent pas ».

Elsa passa la tête pour regarder. Les militaires, à la hauteur de la locomotive, firent marche arrière et prirent la ruelle qui menait en ville. Le chef de gare arriva en traînant son drapeau par terre, regardant ses chaussures. « On part », dit-il avec la philosophie de qui en sait long, et il agita le drapeau. Le train siffla. Les filles retournèrent s'asseoir. Elsa resta seule à la fenêtre. Elle avait peigné ses cheveux en arrière et ses yeux brillaient. Ce fut à ce moment-là qu'Eddie se leva et alla vers le train.

« Adieu, Eddie », murmura Elsa, et elle lui tendit la main.

« « On se reverra dans un autre film? » demanda-t-il.

« Mais qu'est-ce que tu dis? » hurla le metteur en scène derrière lui, « qu'est-ce que tu dis!? »

« J'arrête l'action? » demanda le clapman.

« Non », dit le metteur en scène, « de toute façon, on doit le doubler ». Et puis il cria dans le mégaphone : « Avancez, le train se met en marche, accélérez, marchez le long du quai, tenez-lui la main! »

Le train se mit en marche et Eddie s'exécuta, accélérant aussi longtemps qu'il put le suivre, puis le train prit de la vitesse et s'éloigna de la gare. Lui fit demi-tour et avança de quelques pas, puis il alluma une cigarette et marcha lentement vers la caméra. Le metteur en scène lui faisait des signes de main, modérant son allure, comme s'il le dirigeait avec des fils invisibles

« Faites-moi avoir un infarctus je vous en prie », dit-il d'un air implorant.

« Quoi? » s'exclama le metteur en scène.

« Un infarctus », dit Eddie, « ici, sur ce banc. Je prends un air harassé, comme ça, regardez, je m'assied sur le banc et je porte une main à mon cœur, comme le docteur Jivago. Faites-moi mourir. »

Le clapman regardait le metteur en scène en attendant des instructions pour arrêter la scène. Mais le metteur en scène fit un coup de ciseaux pour indiquer qu'il couperait, et fit continuer.

« Mais comment un infarctus », dit-il, « vous trouvez que vous avez une tête à faire un infarctus? Enfoncez davantage le chapeau sur votre front, comme ça, à la Eddie, soyez raisonnable, ne m'obligez pas à refaire la scène. » Il fit signe aux ouvriers de mettre les pompes en marche. « Allez », l'encouragea-t-il, « il commence à pleuvoir, vous êtes Eddie, s'il vous plaît, pas un amoureux ridicule... Mettez les mains dans vos poches, rentrez davantage les épaules, comme ça, très bien, venez vers nous... cigarette bien pendante entre les lèvres... parfait... les yeux baissés. »

Il se tourna vers l'opérateur et cria :

« Caméra en arrière, travelling, caméra en arrière! »

TABLE

ACHEVÉ D'IMPRIMER SUR LES PRESSES
DE COX & WYMAN LTD. (ANGLETERRE)

Dépôt légal : mars 1989
N° d'édition : 1906
Nouveau tirage : novembre 1996
Imprimé en Angleterre